KB100117

바람과 구름의 발자국을 따라서

시와소금 산문선 · 014

바람과 구름의 발자국을 따라서

지창식 수필집

시와소금

▌지창식 프로필

- 수필가, 산악인.
- 강원도 춘천 출생.
- (수필문학)으로 등단.
- (사) 한국문인협회 춘천지부 회원.
- 춘주수필문학회 사무국장 역임.
- 강원도 산악연맹 학술정보이사, 감사, 부회장 역임.
- 한빛산악회 창립, 회장 역임.
- 강원교원연구회 창립, 회장 역임.
- 춘천시산악연맹 창립 발기위원장, 회장 역임.

- 주소 : 24327 강원도 춘천시 외솔길 5(석사동)
- 전화 : 010-8791-2281
- E-mail : jichangsik@hanmail.net
- 블로그 : http://blog.daum.net/jichangsik
- you tube : 지창식 *야생화유튜브

수필의 길

여섯 살 때쯤일까? 하여튼 초등학교를 들어가기 전 일이다. 그 때 미군이 한국국민 계도용으로 발행하던 『자유의 벗』이라는 잡지가 있었다. 어느 날 아버지가 그 잡지를 집에 가져오셔서 보게 됐다. 사진과 그림을 흥미롭게 보았다. 그런데 글씨를 배우기 전이어서 글이 쓰인 부분의 내용이 무엇인지 궁금했었다. 이것은 내 인생의 가장 오래된 아스라한 기억이다. 무엇을 알고 싶어 하는 것, 글을 알고 싶어 하는 것도 인간의 원초적인 욕망이리라.

초등학생 시절에는 글짓기 반에 들어서 3년 동안 글 쓰는 것을 배웠다. 중고등학교 시절까지 보통 아이들보다 학교 도서실에 빈번하게 출입하며 책을 읽었던 것으로 기억한다. 한때는 문학에 꿈을 갖기도 했었다. 그러나 아쉽게도 글쓰기를 지도해 주실 선생님이 안 계셨다. 어른이 되어 생업에 종사하면서는 더구나 문학과는 거리가 있는 생활을 할 수밖에 없었다.

현직에서 은퇴를 앞두고 은퇴를 하면 뭘 할까? 생각했다. 젊은 날부터 이제까지 등산과 등반을 거의 업(業)에 준하는 수준으로 했었는데, 그동안 시간의 제약 때문에 갈 수 없었던 곳을 자유롭게 다니면서 산악수필을 써보고 싶었다. '내가 나이가 더 들어 제일 마지막까지 할 수 있는 일이 무엇일까?'도 생각해 보았다. 어릴 때 한때 꿈이었던 글쓰기를 할 수 있지 않을까? 해보고 싶어졌다.

수필을 체계적으로 배우기로 했다. 강원대학교 평생교육원에서 1년, 춘천문화원 문예 창작반에서 6년, 모두 7년 동안 스승에게 수필 쓰기를 지도받았다. 올해는 등단한 지 5년째, 수필 공부를 처음 한때로부터 10년이 되는 해이다. 십 년이면 강산도 변한다고 했으니 나의 수필 인생도 이제 한번 강산이 변한 셈이다.

나의 수필 중에는 등산에 관한 글이 많다. 평생 등산을 했고, 당초에 등산에 관한 글을 써보고 싶어서 수필 공부를 시작했으므로 당연할 것이다. 수필 공부하면서 알게 된 것은 등산에 관한 수필 쓰기가 생각처럼 쉽지 않다는 것이다. 산에 갔다 온 사실을 있는 그대로 상세히 기록만 했다면 그것은 등산 보고서는 될지언정 수필이 될 수 없다. 등산이나 등반 사실과 함께 자기 나름대로 느낀 점, 생각한 점이 표현되어야 한다. 그래야 다른 사람들이 공감할 수 있는 문학작품이라고 할 수 있겠다. 이런 점에서 평범한 산행보다는 개척 등반 같은 등반 가치가 있는 등반은 수필의 소재로써 더 가치가 있을 수 있다. 젊었을 때 그러한 등반을 내가 하던 때에 수필을 미처 배우지 못했던 것이 아쉽다는 생각이 든다.

역사는 나의 관심 분야다. 역사에는 수필 소재가 무궁무진하다. 어떤 역사 수필은 한 편을 쓰기 위해서 관련되는 수많은 글을 여러 번 읽고 현장을 수차례 답사하곤 했었다. 이렇게 하는 이유는 수필가가 역사학자는 아니지만, 사실을 정확히 쓰기 위함이다. 역사를 다루는 글에서 사실을 틀리게 말하는 오류는 곤란하다. 다음은 어느 한쪽의 입장에서가 아니라 객관성을 유지하고 싶기 때문이다. 무엇보다도 연구를 많이 해야지만 나름대로 역사 수필의 주제를 설정할 수 있고 문학적 상상도 가능하다. 옛날 사건을 그냥 나열만 해서는 역시 수필이 될 수 없기 때문이다.

앞으로 기존에 쓰던 분야의 수필 외에도 범위를 넓혀 남들처럼 일상에서 소재를 찾아 가벼운 마음으로 읽을 수 있는 수필도 써보고 싶다.

수필가로서 글을 쓸 때 나는 다음 사항을 마음에 두고 있다.

첫째, '진솔하라.' 나의 첫 번째 스승님이 처음에 알려주신 가르침 명심하고 있다. 하나의 작품을 완성하면 '나는 진솔했는가?' '꾸미려고 하지 않았는가?' '불필요한 수식어는 없는가?' 나 자신에게 물어본다. 수필의 글은 그 특성상 진솔해야 함이 생명이라고 생각한다.

둘째, '주제가 있어야 한다.' 내가 집필하려고 할 때 가장 시간이 소요되는 부분이다. 어떤 객관적 사실을 나열만 해서는 문학작품이 될 수 없다. 수필의 주제는 암시적일 수도 있고, 명시적일 수도 있다. 어떻든 독자가 작품을 읽고 아무런 느낌이 없는, 알맹이가 없는, 시간 낭비했다는 생각이 들게 하는 글은 쓰지 않으려고 한다.

셋째, '글은 쉬워야 한다.' 누구나 쉽게 읽을 수 있는 글이 잘 쓴 글이라고 생각한다. 어려운 한자어, 불필요한 외래어, 순수한 한글이라도 지금은 쓰지 않는 말은 가능한 사용하지 않으려고 한다. 불필요하게 문장이 길어져서 의미를 파악하기 어려워도 곤란하다. 초등학생도 이해할 수 있는 글이 가장 잘 쓴 글이라고 생각한다.

넷째 '수필은 문학이며 문학은 예술이다.' 수필은 이치를 따지는 논문이 아니다. 사람들의 정서에 영향을 줄 수 있는 글이 좋은 수필이라고 생각한다.

수필은 왜 쓰는가? 수필적 삶은 생각 하는 삶이다. 하나의 작품이 완성되면 다음 작품을 무엇으로 쓸까? 또 생각하게 된다. 글 쓸거리가 눈에 띄면 그것을 통해서 무엇을 표현할까? 즉 주제를 정하기 위해서 많은 생각을 하게 된다. 여러 가지 재료들을 어떤 것은 빼고, 어떤 것은 더 넣을 것인가? 어떻게 배열할 것인가? 생각해야 한다. 작품이 초고가 완성되면 생각하고 고치고, 또 생각하고 고친다. 어떤 때는 걸으면서, 어떤 때는 꿈속에서도 생각해보았다. 그렇게 창작된 작품을 읽는 희열감, 잘 된 작품은 문장을 읽는 맛도 다르다. 때로는 그리스 신화에 나오는 나르키소스처럼 내 작품, 나 자신에게 취해 보기도 한다. 생각할 수 있다는 것은 내가 살아 있는 것이다. 생각한다는 것은 즐거운 것이다.

| 차례 |

| 서문 ─ 수필의 길

제1부 | 내 고향 산에서

제2부 | 산을 오르며

제3부 | 눈 덮인 산과 바윗길

제8부 │ 세상을 살아가면서

제1부

내 고향 산에서

나의 산행

1974년 8월 20일. 나는 홀로 소양호의 푸른 물길을 가르고 있었다. 하늘은 구름 한 점 없이 맑고, 태양은 뜨겁게 내리쬐고 있었다. 사방을 둘러보면 짙은 녹음(綠陰)의 산들. 시원한 강바람은 부는데 통통배의 음률은 한껏 조화를 자아내고 있었다. 그때 물속을 들여다보면 소양호는 담수가 시작된 지 얼마 되지 않아 맑은 물속에는 초록의 나무와 풀들이 살아있는 채로 솟아있고, 그 사이로는 고기들이 뛰노는 마치 용궁을 들여다보는 기분이었다.

물살을 힘차게 가르는 통통배의 선수에 서서 목적지를 응시하며 나는 잠시 지난 일의 회상에 잠겨 보았다. 아직 소년티를 벗지 못한 중학교 1학년 때이다. 집 앞에서 동쪽을 바라보면 대룡산 명봉(643m) 봉우리가 눈에 띈다. 한자 산(山)자와 비슷하게 생긴 봉우리로 맑은 날이면 한 시간 정도의 거리인데도 능선 위에 홀로 서 있는 커다란 소나무가 보였다. 어느 날 나는 생각하였다. '저 봉우리 위는 어떨까? 저 산 너머는 어떨까? 과연 어떤 모습일까?' 그해 여름이 다 지나갈 무렵 불현듯 봉우리를 향하고 있었다. 폭양이 내리쬐는 여름날 오후 반바지와 셔츠, 운동화 차림으로 온몸을 땀으로 목욕하며, 길도 좋지 않아 나뭇가지, 넝쿨 그리고 풀잎에 팔다리가 긁히면서 정상에 섰다. 정상은 헬리포트로서 넓었으며 전망은 저녁노을이 질 무렵 황혼이 깃들어 있는 아름다운 모습이었다. 그때 동쪽 저 멀리에 이곳보다 훨씬 높고, 정상이 바위로 된 듯한 봉우리가 보였다. "봉우리가 바위로 된 듯한 저기 저곳은, 저 산은 어디인가? 그리고 산 이름은 무엇일까? 나는 다시 의문에 잠기며 하산하였었다. 그날 저녁 어두워져서야 집에 돌아왔고, 팔다리가 심하게 긁혀있어서 부모님에게 꾸중을 들었다. 이것이 나의 첫 산행이었다.

　세월은 흘러 나는 산야를 섭렵하게 되었고, 어느 때 지도라는 것을 구하여 보았을 때 그때의 의문에 나는 대답할 수 있게 되었다. 그것은 가리, 가리산인 것이다. 그리고 나는 지금 가리산을 향하고 있는 것이다. 몇 군데 중간 기착지를 거쳐 한 시간에의 항진 끝에 작은 선착장(품걸리)에 도착하였다. 배에서 내려 뜨거운 여름날 오후를 걷고 걸어 광산골 골짜기에 도착해서 천막을 설치하였다. 취사 도중 골짜기 아래쪽에 사시는 분이 올라오셔서 웬만하면 자기의 집에서 쉬어가라고 하시고 내일의 여정(加里山 등산) 에 대하여 친절히 알려주시며 몇 마디 인정 깊은 말씀을 하여 주셨다. 참으로 고마웠다. 나는 그냥 텐트에서 자기로 하고 식사를 마치고 잠시 독서를 한 후, 내일의 등반을 설레는 마음으로, 흐르는 물소리를 자장가 삼아 잠을 청하였다.

　다음 날 아침 나는 여명이 밝아올 무렵에 깨어, 부지런히 식사를 끝낸 후 정상을 향하여 출발하였다. 30여 분간 골짜기의 평범한 길을 걸어 능선 위에 올라서니 저 앞에 두 개의 우뚝 선 기둥 가리산 정상이 보였다. 그 후 한 시간 남짓 능선길을 따라 때로는 큰 나무들과 돌무더기, 혹은 길 앞에 가로 놓여 있는 나무 아래를 기어가기도 하여 정상 아래에 도착하였다. 가리산정(加里山頂)은 두 개의 바위봉우리로 이루어져 있다. 멀리서 보면 사다리꼴 모양이고 가까이서 보면 두 개의 큰 기둥이 서 있는 모양이다. 지도상에는 서쪽이 정상(1051m)으로 표시되어 있다. 나는 두 개의 봉우리를 모두 오르려 하다가 아무래도 동쪽 봉우리는 암벽장비 없이는 무리일 것 같아 맨몸으로 오를 수 있는 서쪽 정상을 향하여 바위 면을 발로 딛기 시작하였다. 바위 면은 지금이라면 쉽게 오를 수 있지만, 그 때는 약간 힘들었으며 두려움마저 느끼고 있었다. 얼마 후 천막하나 칠 정도의 평평한 정상에 섰다. 맑은 날씨에 서늘한 공기 그리고 아름다운 전망에 나의 마음은 상쾌하였으며, 정상에 올라섰다는 성취감은 이루 말할 수 없이 기뻤다.

가리산정에서의 조망은 멀리는 서쪽의 명지산(1252m), 화악산(1468m), 서북쪽으로 사명산(1198m), 춘천 방향의 삼악산, 북배산이, 동서로는 매봉 바위산으로 해서 대룡산으로 이어지는 가리산맥 연능이, 가까이 북쪽으로 소양호의 푸른 물, 남쪽으로는 홍천군 두촌면으로 이어지는 계곡, 그리고 내가 처음으로 올라 가리산을 보았던 대룡산 명봉(643m) 봉우리도 보였다.

"加里山" 나의 첫 산행에서 인상 깊게 보았던 우뚝 솟은 산, 내가 최초로 오른 1,000m급 산(이전에는 1,000m 이상의 산에 오른 적이 없었다.) 그래서 이런저런 상념과 눈앞에 파노라마를 조망하며 한 시간 동안 머물렀다. 두 바위 봉우리 사이에 경사가 심한 계곡을 그대로 내려와 다음을 기약하며 물로리를 향해 걸었다. 한 시간여의 하산과 호젓한 산골길을 두 시간여 걸어 물로리 배터에 도착하여 배가 올 시간까지 소양호의 맑은 물속에 풍덩….

줄곧 긴 여운 같은 하얀 물꼬리를 남기며 통통배는 소양댐을 향하여 달렸다. 나는 배의 뒷부분에 서서 간간이 보이는 가리산 정상을 뒤돌아보곤 했다. 어둠이 짙게 깔린 시간, 소양댐의 불빛이 반짝이는 것이 시야에 들어왔다. 잠시 후 나는 배에서 내려 언제나처럼 집으로 돌아왔다.

난 언제라도 또다시 가고 싶다. 加里山으로 백설이 하얗게 내린 겨울이나, 신록으로 물들기 시작하는 5월에 이름나고 커다란 산들처럼 수려하지도 웅장하지도 않지만, 그 나름대로 멋이 있고, 아름다움과 기개가 있는 산, 나는 언젠가 다시 가고 싶다. 나의 첫 산행에서 가장 인상 깊었던 그곳, 가장 인상 깊게 바라다보았던 산, 나는 꼭 다시 가리라, 가리산으로…

(1986.04.19. 『한빛회보』 제2집)

※이 글은 내가 수필을 정식으로 배우기 훨씬 이전에 썼던 글입니다. 따라서 지금 보면 글 자체는 미숙한 점이 눈에 띄지만, 나로서는 등산에 관한 첫 번째 글이어서 소중히 간직했었습니다.

먼 옛날의 호숫가를 거닐며

가을 아침이었다. 아침 햇살이 매끄러운 돌에 반사되어 반짝였다. 파란 하늘을 배경으로 솟아오른 흰색 절벽의 색깔이 선명했다. 나는 능선 길을 걷고 있었다. 눈을 들어 가까운 곳을 보면 손에 잡히는 것도, 밟고 있는 발밑에도 온통 바위투성이였다. 왜 이곳은 다른 산과는 달리 하얀 차돌만으로 이루어져 있을까?

겨울이었다. 나보다 암벽등반에 조금 먼저 입문한 친구와 함께 산을 올랐다. 우리가 가고 있는 길은 산의 한쪽은 비스듬한 바위 면이고, 다른 쪽은 수직 절벽인 풍경이 이어졌다. 잘나가던 능선 길이 십여 미터의 짧은 벼랑으로 끊긴 부분이 나타났다. 절벽을 바로 내려갈 수 있으면 바로 능선으로 이어지지만 이곳을 피해서 돌아가려면 상당히 시간이 많이 걸릴 것 같았다.

친구가 배낭에서 로프를 꺼내더니,

"내가 줄을 타고 내려가는 방법을 가르쳐 줄 테니 그대로 해 봐. 현수하강이라고 해."

친구가 먼저 시범을 보이면서 순서를 하나하나 설명했다. 얼떨결에 암벽등반기술을 배우게 되었다. 여태까지 바라다보기만 했던 하얀 바위벽을 처음으로 줄을 타고 내려오게 되었다. 본능적인 두려움으로 가슴이 두근두근하면서도, 새로운 것을 배운다는 기쁨에 마음이 설레었다.

정상에서 보는 경치는 사방에 장애물이 없어 시원했다.

"너 이 아까 줄을 타고 내려온 하얀 바윗돌을 무엇이라고 하는지 아니?" 친구가 물었다.

"그거야 차돌이지 뭐니?" 나는 별생각 없이 대답했다.

"그것은 규암이라고 해. 모래가 오랜 세월 동안 물속에 쌓여서 굳어지면 사암(砂岩)이라는 퇴적암이 되고, 사암이 땅속 더 깊은 곳에 묻혀서 열과 압력을 받으면 변성암인 우리가 지금 보는 차돌인 규암(硅岩)이 되는 거야."

이 분야에 일찍부터 흥미가 많아 나중에 과학 선생이 된 친구의 설명을 듣고 비로소 하얀 차돌을 규암이라고 하는 것을 알게 되었다.

몇 해가 더 지났다. 혼자서 등산을 계속했다. 친구처럼 암벽도 자유자재로 오르내리는 방법을 배우고 싶었으나 사정이 여의치 않았다. 기다리던 중에 마침내 정식으로 암벽등반을 배울 수 있는 기회가 왔다. 한동안 바위를 오르는 방법을 연구하는데 몰두했다. 도로변에 보이는 짧은 벽만 보아도 저것을 어떻게 하면 올라갈까? 생각했었다. 바위는 여러 가지 종류가 있는데 각각 특성이 달라서 등반하는 기술과 장비도 달라진다고 했다. 바위의 종류와 지질, 그중에서도 일상적으로 접하는 우리 고장의 자연에 대하여도 관심을 많이 갖게 되었다.

어느 날 책을 보다가 눈에 확 들어오는 내용이 있었다. 내가 살고 있는 춘천 삼악산 부근의 차돌 바위층을 의암규암층이라고 한다. 이 지층은 의암댐 부근인 드름산에서 삼악산으로 연결되고, 강촌지역에서 구곡폭포로, 남면 좌방산에서 홍천 통곡리로, 그리고 홍천강을 따라 올라 팔봉산에서 도사곡리로, 다시 구절산, 연엽산, 대룡산으로 이어진다. 전체적으로 보아 원형, 즉 분지 형태를 이루고 있다. 그것은 지금은 존재하지 않는 먼 옛날에 있었던 호수의 흔적이라고 한다. 그동안 막연히 갖고 있던 의문들이 한순간에 걷히면서 또 다른 알 수 없는 많은 생각이 떠올랐다.

오랫동안의 바쁜 일상에서 이제는 벗어났다. 혼자 산에 올랐다. 여유를 갖고 멀리 아스라이 보이는 산들을 둘러보았다. 그곳은 내가 걸었던 하얀 차돌로 이루어진 봉우리들이다. 그곳은 지금은 아니지만 태고시대에는 호숫가였던 곳이다. '그때의 풍경은 어땠을까? 험준한 바위산들이 있었을까? 아니면 넓은 지평선이 펼쳐져 있었을까? 물빛은 파란 색깔이었을까? 아니면 노란 황토색이었을까? 시원한 바람은 불고 있었을까? 아니면 무더운 열대의 호수였을까? 얼마나 많은 세월 동안 호수에 모래가 쌓였을까?' 상상의 나래를 펼쳐 보았다.

문득 상전벽해(桑田碧海)란 말이 생각났다. 뽕나무밭이 변하여 바다가 된다는 뜻이다. 우리가 일상적으로 보는 자연은 계절의 순환이 있지만 해마다 똑같이 반복되는 것이 별다른 변화가 없는 것 같이 보인다. 그러나 자연은 아무 일도 하지 않는 것은 아니다. 눈에 보이지 않는 작은 것들이 쌓여서 오랜 세월이 지나면 바다가 육지가 되고, 호수가 산 능선이 되기도 한다.

꼭 자연만 그럴까? 우리의 인생도 생각해 보면 하루하루는 특별히 다른 점이 눈에 띄지 않는다. 사람은 처음 태어났을 때는 누구나 다 비슷한 것 같다. 그러나 자라면서 평소의 작은 습관이 쌓여서 점점 차이가 벌어진다. 그래서 어린 시절 두 친구가 몇십 년 만에 만나면 완전히 다른 세상에 사는 사람과 같이 보일 때가 있다.

옛날 중국의 설화가 있다. "어느 시골에 나이가 구십 세가 되는 어리석은 한 노인(愚公)이 있었다. 집 앞을 가로막고 있는 큰 산을 자자손손(子子孫孫) 흙을 퍼 날라서 없애기로 하였다. 가까운 곳에 사는 지혜로운 노인[1]을 비롯한 모든 사람이 실현성 없는 일이라고 말렸으나 노인은 아들 손자와 함께 쉬지 않고 일을 계속했다. 마침내 산신이 산이 없어지는 것이 두려워서 이 사실을 천제에게 알렸다. 천제는 정성과 끈기에 감복해서 산을 다른 곳으로 옮겨 주었다."는 이야기이다. 자연은 노인이 하던 방식대로 셀 수 없는 많은 세월을 거쳐 변화한다. 그러나 인생은 자연에 비하면 짧은 세월인 수십 년 또는 수년 만에도 변할 수 있다. 우공이산(愚公移山)은 먼 옛날의 설화만이 아니다. 인간의 현실에서 얼마든지 있을 수 있는 일이라는 생각이 들었다.

산을 내려왔다. 해질녘에 산 밑에서 쳐다보는 산 정상은 오늘따라

---

1) 노인의 이름은 智叟

높고 아득하게 보였다. '내가 어떻게 저기를 다녀왔지? 내 발 한걸음은 불과 삼 십 센티 밖에 안 되는데? 저 까마득한 곳을 다녀오다니?' 새삼 신기한 생각이 들었다. 작은 걸음 한걸음은 별다른 의미가 없다. 그러나 그것이 모이면 큰 산도 넘는다. '그래? 이제부터라도 나도 어리석은 우공이 되어 작은 일 한 가지라도 꾸준히 해봐야겠다.'고 생각했다.

신연봉에서

"이번 달 산행은 삼악산에서 강 건너편 쪽에 보이는 능선 길을 걸어 봅니다. 여러분이 숱하게 지나며 보았지만 다녀오신 분은 적은 곳입니다." 내가 운영하는 인터넷 카페에 일반인들을 대상으로 한 안내 산행 공지를 하였다. 요즈음 이름난 명산을 간다고 하면 많은 사람이 오겠지만 이름 없는 이곳 산행에 참가할 사람이 과연 몇 명이나 될지 궁금하였다.

산행 당일 아침에 뜻밖에 십여 명의 사람들이 모였다. 몇 분은 처음 보는 초보자이지만, 몇 분은 산행 경력이 꽤 되시는 분들이었다. 그분들 말씀이 경춘 국도를 오가면서 또는 삼악산을 오르면서 항상 오늘 산행하는 곳을 한번은 가보고 싶은 마음이 있었다고 한다. 그러나 선뜻 혼자 다녀오게 되지 않았는데 마침 산행이 있어서 참가하셨다고 한다.

의암리에서 징검다리를 건너 팔미천을 건넜다. 사람들이 오랫동안 다니지 않아서 희미해진 계곡 길을 잠시 올라 능선에 섰다. 내려다보이는 곳은 급사면 아래 강이 흐르고 있다. 좁은 능선 위에서 혹시라도 방심하다가 굴러떨어지면 위험하므로 뒤따라오는 분들에게 주의하도록 당부하였다. 가파른 능선길을 잠시 오르다가 넓은 면적을 차지하고 있는 묘가 있는 곳에 도착했다. 모두 숨을 돌리고 올라온 쪽을 바라다보았다. 의암댐 너머 호수 변이 햇빛에 반짝였다. 신연강으로 불리던 곳이다.

신연강은 요즈음 지도에는 한글로만 신영강 나루터로 이름을 남기고 있고, 조금 오래된 지도에는 신연강(新延江)으로 표기되어 있다. 신연(新延)이란 옛날에 새로운 사또가 부임하여 올 때 고을 아전들이 그 집에 가서 맞이하여 오는 것을 뜻한다. 그리고 더 오래된 옛 지도에는 신연강(新淵江)으로 쓴다. 생각건대, 원래 '新淵'이 맞는데 후일에 '新延', '신영'으로 변한 것 같다. 적당한 기회에 원래 이름을 찾았으면 하는 바람이다.

첫 봉우리를 지나서 완만한 능선길을 한동안 걷다가 오늘 등산코스 중에서 가장 높은 곳에 닿았다. 편평한 형태로 여러 사람이 앉아서 쉬기에 적당한 곳이다. 지형도에는 봉우리 이름 없이 해발 354m의 표고점이 표시되어 있으나 인근 마을에서는 박달이산으로 오래전부터 부르는 곳이다. 간식을 나눠 들다가 이 얘기 저 얘기 나누게 되었다.

"아까 그 첫 봉우리 이름이 없는데 무엇으로 하면 좋을까요?"

"능선 바로 아래 뒤쪽에 있는 마을이 말골이니 말산이 어떨까?"

"앞에 보이는 강이 대바지강이던가? 대바지산은 어때요?"

"이 앞 강이 대바지강이 아니고 어렸을 때 공지천 합류하는 곳을 대바지강이라고 들었어요?"

"그렇다면 앞에 잘 내려다보이는 북한강을 옛날부터 신연강이라고 했으니 옛 이름을 기리는 의미에서 신연봉은 어떨까요?"

"아 그것이 좋을 것 같네요."

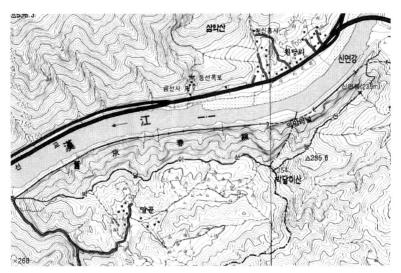

*참고 : 삼악산에서 북한강의 일부인 신연강 건너에 있는 해발 354 봉은 지도에 산이름이 표시되어 있지 않지만 2012.10.11. 산 아래 말골을 방문하여 현지 주민들이 원래 부르던 이름은 박달이산임을 확인 하였다.

정상을 지나 내려가는 길은 탄탄대로였다. 문득 한곳에 이르니 강 건너편 등선폭포 협곡 전체가 정면으로 바라다보이는 곳이었다. 폭포에서 흥국사에 이르는 길도 전부 한눈에 들어왔다. 오른쪽으로는 망경대 능선을 걸쳐 삼악산 정상에 이르는 길이 자세히 보였다. 왼쪽으로는 등선봉의 계곡과 능선, 바위 하나하나가 깨끗하게 잘 보였다. 장관이었다. 모두가 처음 보는 경치라고 탄성(歎聲)을 쏟아냈다.

"숱하게 삼악산을 오르내렸지만 산 전체가 한눈에 보이는 이런 곳은 처음이네."

"지금도 이런 데 좀 더 있다가 벚꽃이 활짝 필 때 오면 더 좋을 것 같아요."

"가을에 이곳으로 삼악산 단풍 구경하러 오면 멋질 것 같아요."

"이곳이 바로 삼악산 관망대로구먼. 이곳에 삼악정이란 정자 하나 지읍시다."

"산은 산속에서 보는 것보다 적당히 떨어져서 보는 것이 더 좋은 것 같아요."

마지막 작은 봉우리에서 쉬어가며 이야기가 이어졌다.

"그나저나 아까 이야기했던 신연은 무슨 뜻이지요?"

"음. 글자 그대로의 뜻은 새 신(新)자 연못 연(淵)자이니 새로운 연못이라는 뜻인데?"

"글자 뜻 외에도 처음에 지명을 붙일 때 이름을 붙인 이유가 있을 것 같아요."

"좌우간 옛 물에서 벗어나 새 물에서 그런 의미가 아닐까요?"

산에서 내려오면서 생각했다. 삼악산 속에 있으면 정작 삼악산의 일부분만 보이고 완전한 모습이 보이지 않는다. 그러나 적당히 떨어져서 보면 삼악산의 전체적인 모습과 부분도 오히려 더 잘 보인다. 우리도 인생살이에 열심히 매진하다 보면 바로 눈앞에 것만 보고 정작 큰 흐름은 보지 못하는 것 같다. 가끔은 이방인이 되어 봐야겠다. 옛 물에서 벗어나 새 물에서 바라다봐야 하겠다.

홀로 가는 산

　홀가분하다. 간만에 시간을 내서 혼자 홍천강 언저리에 있는 한 봉우리를 오르고 있다. 산악계에 입문한 지도 꽤 되다 보니 언제부터인가 여러 사람과 함께 산에 가면 나는 흔히 선배님, 대장님, 회장님 등으로 불린다. 잘 모르는 사람들이야 대단한 것쯤으로 알지도 모르지만, 너무 오래돼서 그런지 싫증이 난다. 어떤 직책으로 불린다는 것은 그만큼 자유가 구속당하는 느낌이다. 할 수만 있다면 이제는 그런 것들을 훌훌 벗어던지고 싶다.

　이 산은 지도에 삼각점 기호와 425.6이라는 해발고도가 표기되어 있을 뿐. 산 이름은 없다. 요즈음 도시 인근에 있는 산은 비록 작은 산이라도 이름이 붙어 있으면 사람들이 항상 바글바글하다. 반면에 이름 없는 곳은 한적하다. 사람들이 이름에 집착하는 것을 보면 이름이란 단순히 불리기 위한 것뿐만 아니라 어떤 마력(魔力)이 있는가 보다.

정상으로 가는 길은 완만한 능선길이다. 산 아래 요양 병원에서 환자들의 산책로로 이용하는 듯. 중간중간에 쉬어갈 수 있는 자리를 마련하고, 일정한 거리마다 정상까지의 거리를 친절하게 표시해 놓았다. 정상까지 2.7km. 삼사십 분이면 여유 있게 오를 수 있는 거리이다. 이른 아침이라 그런지 산길에는 아무도 없다. 고요한 산길을 천천히 걷는다. 내가 이곳을 찾은 이유는 인근에 있는 산은 거의 다 다녀봐서이기도 하지만 사실은 바로 이런 호젓함을 즐기기 위해서다.

멧부리에 도착했을 때 안개가 옅게 끼었다. 사방을 둘러봐도 가까운 곳 외에는 아무것도 보이지 않는다. 바로 앞쪽에 안개 속에 희미하게 보이는 능선을 내려간다. 내가 정말 오고 싶은 곳은 지나온 평범한 길이 아니고 아직 걸어보지 않은 미지의 이 능선이다. 이 산 아래에는 강이 흐르고 있다. 강 건너 도로에서 이쪽을 보는 경치는 사계절 모두 좋은데, 특히 봄에 꽃이 필 때쯤 바라보는 경치는 아름답다. 하지만 강에 가로막혀 있어 정작 이쪽으로는 사람들이 오르기 어려운 곳이다. 이곳을 직접 답사해 보고 싶은 것이다.

사람들이 다니지 않은 곳이라 길 같은 길은 아예 보이지 않는다. 그냥 풀숲을 헤치며 능선의 큰 줄기를 따라 내려간다. 얼마 가지 않아 멧돼지들이 땅을 파헤친 흔적들이 무더기로 나타난다. 자연이 사람들의 손을 타지 않고 그대로 살아 있는 곳에 왔다는 증표(證票)다. 많은 사람이 다녀서 빤질빤질한 도시 근교의 등산로에서는 자연 속에 있다는 실감이 별로 나지 않는다. 이곳에서는 자연 속에 있다는 느낌이 온몸에 오는 것 같다.

내려가기 편한 곳으로 한동안 내려가다가 안개가 개었는데 방향이 좀 이상한 느낌이 든다. 휴대용 GPS[2]로 확인하여 보았더니 길이 조금 어긋나 있다. 내려온 길을 다시 되돌아 올라가서 바른 방향을 찾아 내려간다. 많은 사람을 인솔하여 행하는 등산이라면 참가자들이 불평을 쏟을 것이다. 그러나 오늘은 나 홀로 하는 산행이라 아무런 부담도 없다. 조금 길을 헤매게 돼도 그만큼 구경을 더 한다고 생각하여 마음이 편하다.

능선을 거의 다 내려왔다. 이제까지의 평범한 흙길이 아니고 암릉상태다. 양쪽에는 십여 미터의 벼랑이고, 담쟁이덩굴이 원시 상태 그대로 바위를 뒤덮고 있다. 바위 능선이지만 나로서는 웬만하면 내려갈 곳을 찾을 수 있을 것이다. 정 안될듯싶으면 다시 되돌아가면 그뿐이다. 그러나 만약에 사람들을 데려왔으면 안전에 노심초사하여야 할 곳이다. 혼자라서 그런 것에 신경 쓰지 않아서 좋다.

다 내려왔다. 맑은 1급수가 흐르는 계곡이다. 한동안 물을 보지 못하고 걸어 내려오다가 물을 보게 되어 반갑다. 암능을 기어 내려오느라 긴장했던 마음이 비로소 풀린다. 시원한 생수를 한 모금 들이켜 본다. 계곡을 따라 조금 내려가자 곧 굵은 나무줄기 사이로 유유히 흐르는 강이 보인다. 강가에서 한참 동안 강 건너 풍경을 감상한다. 이제까지는 늘 저쪽에서 이쪽을 바라다보기만 하였는데 오늘 처음으로 이쪽에서 저쪽을 보는 감회가 새롭다.

되돌아가기 위해서는 내려온 산을 다시 올라가야 한다. 온 길을 그대로 오르기보다는 새로운 코스로 가보고 싶다. 내려온 능선 옆에 있

---

2) GPS(Global Positioning System) : 인공위성의 전파신호를 수신하여 현재 위치를 정확히 확인하는 장치

는 계곡으로 들어간다. 골짜기 입구에는 사람 키보다도 더 크게 자란 갈대들이 군락을 이루고 있다. 사람들이 다닌 흔적은 전혀 없다. 혹시 햇볕 쬐러 나와 있는 뱀이라도 밟을까 봐 스틱으로 풀숲을 조심조심 헤치며 올라간다. 서두를 것은 없다. 아주 천천히 걷는다. 혼자 하는 산행의 여유로움이다.

골짜기 깊숙이 들어왔다. 계곡물도 많이 줄었다. 굵은 다래가 여기저기 떨어져 있는 것이 눈에 띈다. 한 개를 주워 입으로 가져간다. 달착지근한 맛. 이런 산행의 또 다른 재미다.

산 정상에 다시 올라왔다. 놓여 있는 의자에 잠시 앉아 본다. 산봉우리 위의 의자라? 몇 달 전에 모시던 선배님으로부터 맡고 있던 단체장자리를 나보고 해보지 않겠느냐? 는 제의가 있었다. 이 분야에서 산전수전 다 겪은 나로서는 내키지 않아 양보했더니, 두 사람이 서로 하려고 하다가 나중에는 소송까지 하겠다고 다투었다. 모른척할 수 있는 처지도 안돼서 두어 달 뒤치다꺼리하던 생각이 나 쓴웃음을 지었다. 그분들은 더 큰 이름을 위해서 그 자리가 필요했을지도 모른다. 그래봐야 이 산봉우리처럼 수많은 그만그만한 봉우리 중의 하나에 불과한 것을….

의자에서 일어섰다. 아까 올 때는 안개가 끼어서 보이지 않던 멀고 가까운 산들이 한눈에 보였다. 편안한 마음으로 단풍 든 가을 산의 경치를 둘러봤다. 세상의 굴레를 벗어 버린다는 것이 이렇게 홀가분할 줄이야. 파란 가을 하늘에는 흰 구름 하나 떠가고 있었다.

대룡산의 꿈

동양에서 용은 전지전능하고 신성한 동물로 여겨왔다. 내 고향 춘천에는 커다란 용이 한 마리 있다. 그것은 대룡산(大龍山)이다. 이산 전체가 한눈에 들어오는 조금 멀리 떨어진 곳에서 보면 기다란 산줄기가 바로 꿈틀거리는 용을 연상시킨다. 아마도 산의 이름을 처음 지은 옛 선인들의 눈에도 그렇게 보였던 듯싶다.

세상의 많은 산 중에서 내가 이름을 처음 알게 된 산이 이 산일 것이다. 내 기억 속에서 가장 오랜 것은 이 산 너머 뒷배[3]라고 불리는 산간 마을에서 자라던 유년시절의 추억이다. 어른들이 대룡산이란 산 이름을 얘기하던 것이 어렴풋이 생각난다.

그 시절 들은 전설 한가지 이야기하고 싶다. 50년이 지난 이야기라면

---

3) 현재 강원도 홍천군 북방면 북방리 지역임. 본래 춘천시 동산면에 속하였으나 1971년 행정구역 개편으로 홍천군에 편입되었다. 춘천시 동내면 지역에서 볼 때 대룡산 뒤쪽에 있으므로 예로부터 뒷배라고 불렀다.

전설이라고 할만하겠다. 그때나 지금이나 대룡산 안쪽 사암리에는 우리 집안의 오랜 선산이 있고, 친척들이 몇 집 모여 살고 있었다. 집안에 제사가 있는 날이면 아버지는 한밤중이라도 산을 넘어 갔다 오시곤 했다. 어느 날 다녀오셔서 들려주신 이야기이다. 그때 대룡산에는 미군들이 군사 도로를 만들고 있었나 보다. 마을 노인의 꿈에 하얀 옷을 입은 할아버지가 나타나서 '나는 이무기인데 3일만 더 있으면 용으로 승천한다. 그러니 도로 공사를 3일만 연기해 달라' 고 간절히 요청했다고 한다. 마을 노인은 통역을 통하여 미군들에게 꿈 이야기를 전했다. 그러나 미군들이 동네 노인의 꿈 이야기를 곧이곧대로 믿을 리가 없겠지. 그대로 공사를 강행하다가 불도저가 큰 구렁이를 치었는데, 곧바로 불도저도 굴러서 운전하던 미군이 죽었다고 한다. 대룡산은 영험한 산인가 보다.

초등학교 6학년 때쯤 우리 집은 대룡산이 빤히 보이는 석사동으로 이사를 왔다. 아침에 일어나서 대문을 열면 바로 저 앞에 대룡산이 보였다. 60년대까지만 해도 봄이 되면 대룡산에는 여기저기 연기가 올랐다. 그때만 해도 화전이 한창이었다. 밤에 보면 산불이 장관이기도 했다. 지금 생각하면 연기가 한줄기만 올라가도 산불이 났다고 야단일터인데 그 생각을 하면 격세지감(隔世之感)이다.

대룡산은 나의 산사람으로서의 인연이 시작된 곳이기도 하다. 중학교 1학년 때쯤이다. 대룡산의 한 봉우리인 명봉은 지금은 누구나 다 아는 곳이지만 그 당시에는 지도에 643이라는 삼각점만 표시된 무명의 봉우리였다. 가을날 파란 하늘 아래 능선 위에 서 있는 소나무가 멀

▲ 대룡산 전경

리서도 잘 보였다. '저기는 어떨까? 저곳에 올라가 보면 어떨까?' 불현듯 그곳에 가보고 싶어졌다. 어느 날 반바지 차림에 나는 이곳을 오르고 있었다. 지금은 등산로가 잘 정비되어 있지만 그때는 잡목과 덩굴이 우거져 있었다. 무릎과 팔을 긁히면서 무조건 위만 쳐다보며 올랐다. 봉우리에 있는 편평한 헬기장은 지금처럼 주변에 나무들이 크게 자라지 않아서 사방의 전망이 확 트였다. 처음으로 정상에 올라 석양에 물든 아래 세상을 내려다보던 그때의 감격. 잊을 수 없다.

알피니즘의 입장에서는 어떤 다른 목적 예를 들면 나물을 채취한다거나 사냥을 한다거나 종교적인 이유로 산을 오르는 행위들은 등산으로 보지 않는다. 정상에 올라보고 싶은 순수한 마음에서 산을 오르는 것만을 등산으로 본다. 이런 일이 나에게서 처음 있었던 곳이 대룡산이다. 지금 되돌아봐도 어린 나이에 대견한 일이라고 여겨진다.

스무 살 때쯤 친구와 함께 대룡산에서 금병산까지 능선 종주 산행을 시도했다. 나로서는 처음 하는 종주 등산이었다. 경험이 없어서 하루 산행에 어울리지 않게 짐을 잔뜩 짊어지고, 그날따라 능선에는 안개도 많이 끼었다. 모르는 길을 찾아가느라 12시간이나 걸렸다. 마지막 봉우리에 도착했을 때는 기진맥진하여 그대로 쓰러졌다가, 깜깜한 밤중에 동행한 친구의 재촉을 받으며 간신이 내려왔다. 그때 올가미에 걸려있던 오소리를 가져다 다음날 끓여 먹었던 것도 추억이지만, 나에게 산의 위험을 일찌감치 깨닫게 해 준 산행이었다.

요즈음도 한 해에 몇 번씩은 대룡산에 다녀오게 되는 것 같다. 순수하게 혼자 등산을 하기 위해 가기도 하지만, 때로는 다른 사람들을 안내 산행할 때도 있고, 어떤 때는 산나물을 뜯거나, 단순히 소풍 삼아 산기슭까지만 다녀올 경우도 있다.

대룡산의 멋은 무엇일까? 대룡산은 춘천분지 안쪽에서 보면 이 고장 사람들의 심성처럼 부드럽고 순한 모습이다. 특별한 특징이 보이지 않는다. 그렇지만 산 너머 반대쪽에는 깊은 골짜기와 험준한 절벽이 곳곳에 있고, 아직도 비경을 많이 간직하고 있는 산이다. 사람들은 흔히 설악산이나 지리산의 운해(雲海)를 이야기한다. 그러나 나로서는 젊은 시절 내 고장 대룡산에서 처음 본 광경이 기억에 남는다. 그때 사진에 취미가 있는 친구를 위해서 안내 산행했던 적이 있다. 산 위에서 내려다보는 춘천분지 모든 지역은 안개가 깔려서 광활한 바다와 같았다. 태양은 파란 하늘 아래 넘실대는 하얀 바다를 쨍쨍 내리쬐는데, 건너편에 보이는 삼악산과 북배산은 섬처럼 운해 위에 떠 있고, 어디선가 까만 새 몇 마리가 날아와 피어오르는 안갯속을 오르내리던 그 환상적인 풍경. 아직도 눈앞에 어른거린다.

몇 해 전에 동네에 새로 짓는 중학교의 이름을 공모했었다. 학교 용지에서 보면 대룡산이 빤히 보이는 곳이다. 춘천의 대표적인 산 이름을 딴 학교가 하나쯤 있어도 좋지 않을까? 나는 아이들이 큰 용처럼 큰 뜻을 품고 자라나기를 바라는 의미에서 대룡이란 이름으로 공모에 응했다. 나중에 다수의 심사위원이 내가 제안한 안에 동의하여 학교 이름이 대룡중학교로 결정되었다는 소식을 듣고 기뻤다.

대룡산은 글자 그대로 큰 용이다. 동쪽의 오방색[4]은 청색이므로 춘천의 동쪽에 있는 대룡산은 거대한 청룡이다. 청룡은 용 중에서도 만물이 소생하는 봄의 기운과 희망을 상징하며, 상서로운 조짐을 나타낸다고 한다. 이 산을 바라볼 때면 나는 대룡처럼 세상의 모든 이들에게 꿈과 희망을 줄 수 있는 큰 인물이 이 고장에서 나오기를 염원해 본다. 누워있는 거대한 청룡이 일어나 하늘을 훨훨 나는 꿈을 그려 본다.

(2014.03.21. 『수필문학』 4월호 등단작품)

---

4) 다섯 가지 방향을 나타내는 색- 동쪽은 청색, 서쪽은 백색, 남쪽은 적색, 북쪽은 흑색, 중앙은 황색이다.

오지 답사 산행

초복(初伏)이 지나고 중복(中伏)을 며칠 눈앞에 두고 있는 날이다. 나무 그늘에 가만 앉아 있어도 열풍이 불어와 등에 땀이 흘러내렸다.

"이 더위에 내일 산에 갈 거요?"

아내가 걱정되는지 물었다. 나도 마음 같아서는 만사 제치고 그냥 시원한 곳에서 하루 쉬고 싶지만 아니 간다고 얘기할 수가 없다. 이번 산행은 내가 인연을 맺고 있는 산악연맹에서 한 달에 한 번 일반인들을 위해 실시하는 안내 산행을 위한 사전 답사 산행이다. 많은 사람이 일상적으로 다니는 등산로가 잘 정비된 곳이라면 미리 돌아볼 필요가 없을지도 모른다. 그러나 다음 달 초에 갈 곳은 인적이 거의 없는 오지[5]이다. 많은 인원을 인솔해야 하는데 현지 상황을 잘 모른다는 것은

---

5) 행정구역상으로는 춘천시 사북면 오탄리와 화천군 사내면 용담리, 그리고 화천군 하남면 서오지리 부근의 춘천시와 화천군의 경계선을 이루고 있는 산의 능선으로, 일반인들에 의한 등산이 거의 이루어지고 있지 않는 지역임. 2014년에 춘천시산악연맹에서 이 지역을 춘천시계종주등산 5구간 지역으로 안내 산행을 실시하였음.

여간 꺼림칙한 일이다.

답사 산행을 하는 날. 산행이 시작되는 들머리부터 살펴보았다. 기존에 이용되고 있는 곳은 좁은 도로에서 갑자기 급경사면으로 올라가는 모양새다. 적은 인원이라면 상관없으나 좁은 도로에서 많은 사람이 버스를 오르내리는 것도 불편하고, 급경사면을 오르다가 낙석이라도 발생하면 뒤따르는 사람에게 위험할 것 같았다. 답사 요원들은 지도를 보면서 다른 장소를 의논하였다. 현재 있는 곳에서 산굽이를 돌기 전에 가옥이 서너 채 있는 곳이 차량을 주차하기도 좋고, 지세(地勢)가 산으로 오르는 길이 있을 듯싶었다.

새로 찾은 들머리는 오랫동안 사람들이 다니지 않은 듯 풀이 우거졌지만 경사가 완만했다. 이번 답사조는 4명으로 편성되었는데 선두에 선 S 안내인은 낫을 들고 다음에 있을 산행 참가자들의 편의를 위해 거치적거리는 웃자란 풀들과 나뭇가지를 정리하며 나아가고, 두 번째는 내가 답사 조장으로서 휴대용 GPS[6]를 가지고 정확한 진행 방향을 유지하며, K 안내인과 B 안내인은 내 뒤에서 표지 리본을 설치하는 등 마무리 작업을 하면서 산을 올랐다. 안내인들은 처음에는 웃으면서 농담도 주고받았으나 계속되는 등산로 정비 작업과 무더위로 얼마 지나지 않아 지친 표정이 되었다.

조금 쉰 후에 그나마 길이 좋아져서 내가 잠깐 선두로 나섰는데, 손에 갑자기 통증을 느껴 나도 모르게 "아야" 소리를 질렀다. 길옆 나뭇가지에 매달려 있던 바다리(쌍살벌)집을 무심결에 손으로 툭 치며 지나

---

6) Global Positioning System. 위성을 이용하여 지도상에서 현재 위치를 정확히 알 수 있음.

다 쏘인 것이다. 얼마 지나면 많은 사람이 이 길을 가야 하는데 그냥 놔두고 갈 수 없는 상황이었다. 뒤따라오던 S 안내인이 배낭에서 토치 램프를 꺼내서 벌집을 태워 제거한 뒤에 비로소 마음이 놓였다.

다시 앞에서 걷고 있던 S 안내인이 갑자기 걸음을 멈추고 몇 미터 앞을 유심히 바라다보았다. 왜 그러나 다가 봤더니 독사 중에서도 독이 세다는 칠점사 한 마리가 똬리를 틀고 빤히 쳐다보고 있었다. 나중에 실제 안내 산행 참가자들을 인솔했을 때도 독사가 길에 그대로 버티고 있다는 것은 참 난감한 일이다. 아마 여성 참가자들은 기겁할 것이다. S 안내인이 잠자코 있더니 "명복을 빕니다." 큰소리로 외치며, 길게 뺀 등산스틱으로 순간적으로 뱀을 멀리 벼랑 아래로 던져 버렸다.

서너 시간 정도 오르자 능선길에 빽빽하던 나무가 듬성듬성해져서 시야가 환한 곳에 이르렀다. 아래 세상은 무더운 날씨지만 이곳은 해발고도가 높아져서 시원한 바람이 숲 사이로 솔솔 불어 기분이 상쾌해졌다. 다음에 많은 사람과 함께 왔을 때 이곳에서 점심을 먹으며 쉬어가면 좋을 것 같다는 이야기를 나누었다. 우리는 얼마 남지 않은 정상을 향해 쉼이 없이 발걸음을 옮겼다.

정상에는 '놀미 뒷산 980m[7]'라고 산 이름과 해발고도를 표기한 잘 만든 표지판이 있었다. 꽤 높은 봉우리인데도 특별한 산 이름이 없이 아래 동네의 이름을 따서 그냥 뒷산이라고 한 것을 보면 오지는 오지인가 보다. 그런데 내가 가진 지도에는 927m의 표고점이 인쇄되어 있고, 휴대용 GPS에는 해발고도가 932m로 나타났다. 표지판에 기재

---

7) 2014년 행정구역상으로는 강원도 춘천시 사북면, 화천군 사내면, 하남면 3개 면의 경계지점임.

된 고도 보다는 지도나 GPS의 고도가 더 실제값에 가까울 것 같다. '처음에 시설물을 만들 때 좀 더 정확히 만들었으면 좋았을 텐데' 아쉽다는 생각이 들었다. 산꼭대기 한가운데는 뙤약볕이어서 가장자리 나무 그늘에서 요기하며 쉬어갔다.

정상을 지나서는 한동안 걷기 편한 능선길이 계속되다가, 오늘 산행의 마지막 봉우리인 토보산[8]에 이르렀다. 이곳에서 동쪽으로 내려가는 곳에 등산로를 표시하는 빨간색 표지 리본이 몇 개 있었다. 그러나 얼마 지나지 않아 길 흔적이 희미해졌다. 더 내려가자 칡넝쿨과 산딸기 줄기가 무성하게 자라서 길인지 아닌지 분간이 되지 않는 상태다. S 안내인은 또다시 계속되는 낮질에 지치기도 하고 미심쩍기도 한지 "이곳으로 내려가는 것이 우리 가는 길이 맞나요?" 하고 의문을 제기하였다. 나는 틀림없음을 확인시켜 주고 방향을 잃지 않기 위해 능선에서 벗어나지 않도록 유의시켰다.

산을 거의 다 내려와서 골짜기 바닥이 보이기 시작하는데, 능선에서 사면으로 내려가는 부분이 가파른 바위 지대여서 끝까지 조심조심했다. 계곡에서 다시 반대편 쪽 길도 없는 급경사 사면을 남은 힘을 다하여 잠시 기어올라야 했다. 우리가 풀숲을 헤치고 나오자 그곳에는 같은 안내인 일을 하는 J 선배가 우리를 데리러 와서 기다리다가 웃음을 지으며 맞이해 주었다. 9시간 반 동안, 긴 시간 동안 고생한 뒤의 만남이라 무척 반가웠다. J 선배의 얼굴을 보는 순간 이제 끝났다는 안도감과 피로가 싹 가셔지는 느낌이 왔다. 비록 온종일 몸은 힘들었지만

---

8) 강원도 춘천시 사북면 오탄리와 화천군 하남면 서오리지 경계에 있는 해발 559m의 봉우리.

찜찜했던 숙제가 해결되어 마음은 날아갈 듯해졌다.

　세상의 여러 경우에 사람들이 즐겁게 누릴 수 있는 것은 누군가 보이지 않게 먼저 준비하고 수고한 덕분일 것이다. 약 보름 후에 있었던 안내 산행도 안내인들이 미리 고생하였기 때문에 참가자들은 편안한 산행을 할 수 있었다.

금병산의 옛길을 찾아서

　금병산을 가기로 했다. 춘천 근교에 여러 산이 있지만 이 산처럼 특색 없는 산이 또 있을까? 별다른 볼거리가 없는 기다란 능선, 밋밋한 봉우리. 다만 산세가 다른 산에 비하여 유순하고, 산의 규모가 크지 않아 부담이 적어 찾는 사람들이 있을 뿐이다.

▲ 금병산 전경

많은 사람이 오르는 이 산의 등산코스는 5번 국도가 지나고 있는 원창고개에서 오르는 길과 김유정역이 있는 실레 마을에서 오르는 길이다. 춘천에 사는 산행을 즐기는 이라면 아마 이 길들은 몇 번씩은 걸어 봤을 것이다. 이번에도 별생각 없이 일상적인 이런 곳으로 사람들을 또 인솔한다면 어쩐지 구태의연(舊態依然)한 듯하다. 내가 안내하는 이번 산행에서는 변화를 주고 싶어졌다. 나의 추억이 서려 있는 옛길, 사람들의 발길이 뜸해서 금병산이 자연 그대로 아직 숨 쉬고 있는 곳의 맛을 보여 주리라.

산들이 연두색으로 막 물든 5월 초순. 산행하기에는 일 년 중에서 가장 좋은 때다. 우리는 금병산 북쪽 사면에 있는 여러 골짜기 중에서 정상에서 바로 내려오는 가운데 큰 골짜기를 향해 정족리에서 산행을 시작했다. 지금이야 금병산을 오르는 길로 봄봄길, 동백꽃길, 산골나그네길로 불리는 곳이 대중적이지만, 옛날 60년대, 70년대에는 이곳이 금병산을 오르내리는 최단 코스로 사람들이 많이 이용했었다.

등산로 초입에는 봄을 맞아 새로 나온 자연산 무공해 쑥이 지천이었다. 신선한 쑥향이 코끝을 스치는 듯했다. 곧 작은 언덕에 올라서니 널따란 산록 완사면[9]이다. 이곳은 예전에 한때 축산 붐이 불 때는 목초를 심고 초지로 조성되었던 곳이다. 그때는 가끔 이곳에 와서 넓은 초원을 거니는 것도 나의 낭만이었는데, 언제부터인가 나무들이 심어져서 그 자리를 대신하고 있다. 길은 나무들이 숲을 이룬 한쪽에 산 위쪽으로 길게 열려있다. 문득 요즈음 사람들이 많이 다니는 산길에서는

---

9) 지형학 용어, 물리적 풍화가 많은 산악지의 하단에서 볼 수 있는 준 평탄지.

보기 힘든 고사리가 듬성듬성 나 있고 야생화가 눈에 띄었다. 동행한 J 숲해설가는 연신 "이것은 고사리, 이것은 졸방제비꽃, 이것은 쥐오줌풀" 하며 사람들에게 식물 이름을 알려주기 바빴다. 이곳이 사람들의 손때가 묻지 않은 증표일 것이다.

길은 트여있는 공간에서 숲속으로 들어가더니 점점 희미해지다가 없어졌다가 다시 나타났다 없어지기를 반복했다. 불과 십여 년 전까지만 해도 가늘지만 한 줄기 길이 분명히 이어지고 있었는데, 그사이에 이렇게 된 것이다. 나중에는 길을 그대로 찾아가기가 힘들어 대략적인 방향만 짐작으로 유지하고 걸어 올라갔다.

목표로 한 경사 변환점[10]인 골짜기 입구에 도착했다. 이제까지는 경사가 완만한 곳을 걸었는데 이제부터는 폭이 좁은 골짜기의 더 험한 급경사면을 올라야 한다. 비로소 숨을 돌리기 위해서 잠시 쉬며 이야기를 나누었다.

이 모임의 산행에 처음 참석한 K 씨가 조금 불만 섞인 표정으로 말했다.

"다니기 좋은 길 놔두고 왜 이런 곳을 왔는지 모르겠어요."

나의 고지식한 산악 후배인 L 회장이 다소 근엄한 표정으로 답변했다.

"산악인의 정신 중에서 미지(未知)에의 추구는 중요한 비중을 차지합니다. 다른 등산로는 여기 계신 분들 다 다녀보셨을 겁니다. 오늘은 새로운 코스로 올라 본다는 데 의미가 있습니다."

---

10) 지형학 용어, 하곡의 종단면 또는 산지의 사면에 있어서 경사가 급히 변화하는 지점.

오래전부터 가끔 함께했던 H 씨가 분위기를 풀기 위해 웃으면서 큰소리로 말했다.

"그나저나 오늘 우리가 올라갈 곳은 짐승도 다니지 않는 곳이지요?"

이 말에 다 함께 긴장을 풀고 웃음을 지었다.

가파른 비탈길에는 넝쿨들이 우거져서 손으로 걷어내며 올라야 하는 곳이 많았다. 어떤 곳은 지난해에 쌓인 낙엽이 아직 그대로 있어서 발을 내디디면 발목까지 낙엽 속에 푹 빠졌다. 습기를 잔뜩 머금은 흙을 밟으면 쭉 미끄러지기도 했다. 옛날에 아랫동네 주민들이 이곳으로 한창 나무하러 다닐 때는 빤질빤질한 길이었는데 이렇게 변해 버렸다. 제각기 한바탕 소란을 떨며 커다란 처마바위(overhang)[11]가 있는 곳에 도착했다.

처마바위 아래는 몇 사람이 들어갈 정도의 굴 모양으로 바위가 파여 있고, 그 안벽에는 파란 이끼류가 마치 사람이 인공적으로 바위에 입힌 것처럼 촘촘히 덮여있다. 바위 천장 곳곳에서는 갈라진 틈으로 맑은 샘물이 나와서 파란 이끼류를 타고 흐르다가 한두 방울씩 떨어져 바닥 한 군데에 고였다. 굴의 한쪽에는 촛불 정도를 놓을 수 있게 약간의 석축(石築)이 있다. 아주 오래전에는 무속인들이 기도하던 곳으로 양초와 울긋불긋한 종이들이 널려 있었지만, 요즈음은 그 들도 오지 않는지 깨끗했다. 이곳은 이 골짜기의 숨겨진 명소다. 다들 시원한

---

11) overhang — 등산용어. 바위의 일부분이 수직 이상의 경사를 지닌채 지붕의 처마처럼 튀어나온 부분. 뻗어나온 아랫부분은 천장 형태를 이루고 있다. 우리나라 말에 적당한 용어가 없어서 처마바위라고 해 보았음.

샘물을 한번 들이켜고, 바위 천장을 쳐다보고, 그리고 골짜기 사이로 아늑하게 보이는 춘천 시내 전경을 바라다보다가 감탄했다.

"이런 곳이 여기 있을 줄이야"

"숨겨진 비경이야."

산의 마지막 부분을 오를 때가 되었다. 산 사면을 돌아서 올라가는 좋은 길이 있었으나 이제는 흔적도 찾기 어려웠다. 처마바위 옆에 있는 협곡을 통해 정상으로 바로 올라가기로 했다. 좁은 협곡에는 빛이 들지 않아 사방이 어두운데 위 방향만 빛이 들어 환했다. 머리를 위로 쳐들고 무조건 밝은 쪽을 향해 올랐다. 어두컴컴한 곳에서 가파른 짧은 바위 사면을 네발로 기어오를 때는 동굴 속을 올라가는 느낌이 들기도 했다. 오래지 않아 정상에 도착했다. 다들 금병산의 속살을 맛본 것이다. 얼굴들이 환해졌다.

제2부

산을 오르며

백록(白鹿)을 꿈꾸며

　한라산은 환상의 산이다. 일설(一說)에 의하면 한라산의 이름은 '할라' 라는 몽골 고어에서 유래했다고 한다. 그 뜻은 '저 멀리 구름 위로 우뚝 솟아있는 검푸른 산' 이라 한다. 탐라는 고려 시대에 몽골 사람들이 말을 기르던 곳이다. 그때 바다에 낯 설은 그들이 이곳에 오기 위해서는 조그만 조각배를 타고 망망대해를 며칠 동안 파도에 시달려야 했을 것이다. 아마도 모두 천지신명에게 '제발 아무 일도 없기를' 간절히 빌었을 것이다. 그 사람들의 눈에 홀연히 바다 저 건너편에 구름에 휩싸인 산이 보였을 때 어떠하였을까? 환상적이었을 것이다. 그리고 무사히 도착하고 싶다는 소원이 이루어진 것을 확인하고 안도감에 젖었을 것이다.

　사람은 누구나 몇 가지 소망을 갖고 산다. 나의 바람 중 한 가지는 백록담으로 유명한 한라산을 한번 올라보고 싶은 것이었다. 제주도에는 신혼여행으로 처음 갔었고 그동안 업무차 몇 차례 방문한 적은 있으나 정작 산을 오르게 되지는 않았다. 남들처럼 아무 때나 하루 이틀만에 뚝딱 갔다 오려고 했다면 벌써 다녀왔을지도 모른다. 그러나 그렇게 하고 싶지는 않았다. 마음에 여유가 있을 때, 가장 좋은 날에, 천천히 음미하면서 명산을 다녀오고 싶었다. 직장에서 은퇴하고서야 기다리던 때가 왔다. 아내와의 옛 추억을 되돌아보는 시간을 가지려고 오랜만에 함께 오붓한 여행을 떠났다.

성판악에서 백록담 가는 길은 처음 얼마 동안 잎이 넓은 상록활엽수림 숲속을 거닐게 되었다. 육지에서 볼 수 없는 풍경이 이국적(異國的)인 기분이 들었다. 등산로는 완만하고 순했다. 산을 오른다기보다는 산책하는 기분으로 편안히 걸었다. 순한 길은 순하게 걷고, 험한 길은 험하게 걷는다는 것은 마치 부드러운 사람에게는 나도 모르게 편안하게 대해 주고, 사나운 사람에게는 경계부터 하는 것과 같다는 생각이 들었다.

▲ 한라산의 노루

문득 어슴푸레한 숲속 저쪽에 빛나는 점 한 개가 눈에 띄었다. 조금 더 가까이 가서 보니 예쁜 새끼노루 한 마리가 눈을 반짝이며 풀을 뜯고 있었다. 내가 다가가도 멀리 가지 않았다. 뜻하지 않게 손님을 마중 나온듯한 어린 생명을 보게 되어 반가웠다. 얼른 고개를 뒤로 돌리고 손가락을 세워 입에 대고 아내를 보고 어서 오라고 손짓을 했다. 새끼노루는 아내가 오고, 뒤따르는 여러 사람이 온 다음에야 산으로 올라갔다.

산 중턱에 있는 진달래밭 대피소에 이르렀다. 곰취가 샛노란 꽃을 피우고 있었다. 이곳의 곰취는 다른 곳의 것보다 잎이 두텁고, 꽃 색깔이 훨씬 더 진했다. 처음에는 다른 곳에서 보던 것 비슷한 것을 이곳에서도 보게 된다고 생각하여 긴가민가했었는데 자세히 보아도 틀림없는 곰취였다. 마치 가끔 보는 아는 사람을 의외의 장소에서 만난 것처럼 반가웠다.

그동안 숲속 길을 걷느라 가까운 곳만 보이고 원경이 보이지 않았다. 드디어 저 멀리에 파란 하늘을 바탕으로 정상이 보이기 시작했다. 그곳은 커다랗고 부드러운 곡선의 윤곽을 이루고 있었다. 지나온 길을 내려다보면 넓은 대지 위에 구름이 떠 있는 것이 보였다. 산세가 전반적으로 원만하면서도 거대했다. 어디 한구석을 보아도 험하거나 살기가 있는 곳이 보이지 않았다. 모든 것을 포용할 것 같다. 아늑하다. 한라산의 산신이 '설문대 할망'이라는 거대한 여신인 것이 잘 어울린다는 생각이 들었다. 만약 이런 산에 사나운 남신이 산신이라면 어딘가 부자연스러운 느낌이 들 것이다.

마지막 오름길은 절정에 오르는 순간인 마냥 경사가 가파르다. 이제까지 잘 따라오던 아내가 속이 메슥메슥한 것이 산멀미 증세가 나타난다고 한다. 걸음을 한 템포 늦추어 더욱 천천히 올랐다. 가파른 계단길 옆엔 이곳 한라산 높은 곳 특산인 바늘엉겅퀴의 보라색 꽃 색깔이 선명했다.

정상에 이르렀다. 얼른 보고 싶었던 백록담부터 내려다보았다. 화구벽 안쪽은 가파른 절벽이어서 쉽게 접근하기가 어려워 보였다. 한쪽 부분만 좀 완만하여 외부에서 동물이 왕래할 수 있을 것 같았다. 화구 바닥은 동물들이 풀을 뜯기 좋은 평탄한 초원인데 일부분이 담(潭)을 이루고 있었다. 담(潭) 안의 물은 많이 말라서 절반 정도만 있는 좀 아쉬운 상태였다. 백록담에 하얀 사슴은 보이지 않았다. 그러나 안 보이면 보이게 하면 된다. 마음의 눈으로 보면 된다. 잠시 내려다보며 상상에 빠져 본다. 백록담에 물이 가득 차 있고, 안개가 살짝 드리웠는데 한쪽에서 하얀 사슴이 나타나더니 호숫가에 이르러 물을 마시고 있는 풍경을 상상해 보았다. 선경(仙境)이 따로 없을 것이다.

백록담에는 다음과 같은 전설이 있다. "옛날 포수 한 사람이 한라산 기슭에 살고 있었다. 어느 날도 사냥길에 나섰는데 그날은 영 아무것도 잡지 못하였다. 그런데 새 한 마리가 앞에 보이는 바위에 살짝 앉았다. 얼른 활을 쏘았지만 화살은 맞지 않고, 새는 훌쩍 날아갔다. 이런 식으로 새에 이끌려서 한라산 정상 백록담까지 이르렀는데 사슴 한 마리가 나타났다. 포수는 거의 무의식적으로 활을 쏘았는데 명중이었다. 급한 김에 얼른 사슴의 배 위에 올라타고 칼로 배를 갈랐다. 정신을 차린 다음에 보니 신들이 타고 다니는 백록이었다. 깜짝 놀라서 엎드려서 잘못을 간절하게 빌었다. 마을로 내려온 포수는 백 세가 넘도록 오래 살았다. 만약 잘못을 빌지 않았다면 즉사했을 것이다."라는 전설이다.

사슴은 상서로운 짐승이다. 하얀 사슴은 더군다나 가장 귀한 것을 상징한다. 이 전설은 우리가 살다 보면 때로는 생각지도 못한 행운을 만날 수도 있다는 것을, 그리고 자기도 모르게 그 행운을 파괴해 버릴 수 있는 것을 의미하는 것 같다. 아울러 큰 죄를 저질러도 진심으로 회개하면 용서가 될 수 있다는 것을 이야기해 주려는 것 같다. 사람의 팔자가 세 번은 바뀔 기회가 있다는 말이 있다. 나의 경우도 되돌아보면 분명히 그런 일이 있었다고 생각된다. 어떤 때는 당장 눈앞에 보이는 것만 보느라고 그것이 기회인지 몰랐고, 어떤 때는 이것이 분명히 기회라고 생각했으나 준비가 덜 돼 잡지 못하였었다.

내려오는 길에 용진각 대피소 터에 들렀다. 대피소는 건립된 이래 30여 년 동안 탐방객들의 아늑한 쉼터이자 산악인들의 보금자리 역할을 하다가 몇 년 전 태풍 '나리'에 의하여 흔적도 없이 사라졌다고 한다. 이곳에서 바라다보이는 한라산 북벽은 겨울철에 눈이 오면 히말라야를 연상시키는 경관을 보인다고 한다. 터에는 이 내용을 알리는 표지판만 세워져 있었다. 다시 한번 북벽을 쳐다보았다. 하얀 겨울에 히말라야를 꿈꾸며 그곳을 오르면서 훈련하던 산악인들의 모습을 그려 보았다. 젊은 시절 순수한 그들의 꿈은 세월이 지나도 변하지 않는 그리움으로 남아 있으리라.

관음사까지 내려오는 하산 길 내내 천천히 걷는 아내를 뒤따랐다. 마음속으로는 줄곧 하얀 사슴이 내게 오는 모습을 그려 보았다. 또다시 하얀 사슴이 오면 다시는 놓아 보내지 않도록 단단히 준비해야겠다는 마음가짐을 다지며….

하산에 관해서

"등산은 오르는 것 보다 내려오는 것이 훨씬 더 중요합니다."

등산 강좌를 할 때면 교육생들에게 한 번씩은 꼭 해주는 말이다. 산에서 내려올 때 숨은 차지 않으나 무릎에 가해지는 충격량은 올라갈 때 비해 세배나 된다. 실제로 발을 삐거나 근육이 약간 늘어나는 가벼운 사고에서부터 골절, 추락 같은 심각한 사고까지 하산할 때 많이 발생한다. 산악사고 관련 통계를 봐도 산에 올라가는 오전 시간대보다 산에서 내려오는 오후에 훨씬 사고가 자주 발생한 것을 알 수 있다.

산은 우선 적당한 시간에 하산하는 것이 중요하다. 조그만 동네 뒷산이야 있을 만큼 있다가 아무 때나 부담 없이 내려오면 된다. 그러나 큰 산일수록 내려와야 할 시간에 내려오지 않고, 위에 너무 오래 있으면 여러 가지 문제가 생길 수 있다. 해도 저물고 체력도 저하되고, 많은 어려움과 사고의 위험이 있기 쉽다. 애당초 제때 내려오지 못할 산은 올라가지도 말았어야 했다. 우리나라의 산도 그렇지만 알프스나 히말라야 같은 거대한 산은 더 말할 나위가 없다. 때로는 생명까지도 걸어야 하는 경우가 생길 수 있다.

산에서 내려올 때는 오를 때보다 더 바른 방법으로 내려와야 한다. 한발 한발 훨씬 더 조심해서 디뎌야 한다. 나는 체력이 한창인 젊었을 때 하산하는 것만큼은 자신 있다고 생각한 적이 있었다. 남이 보란 듯이 가파른 산비탈을 뛰어 내려와서 먼저 기다리곤 했다. 어느 날 무릎에 이상을 느껴 병원에서 진료를 받게 되었다. 언제 다쳤는지 무릎연골이 조금 파손되어 부서진 조각을 제거하는 수술을 받고서야 괜찮았던 적이 있다. 산세가 좀 완만하다고 하여 뛰어서 내려오거나 하면 절대 안 된다.

산은 올라가면 반드시 내려와야 한다. 꼭 산만 그런 것이 아니라 생각해 보면 우리의 삶도 그러하다. 산을 오르는 것처럼 한창 정력적으로 열심히 일할 때가 있고, 그러다 보면 절정기에 다다르게 되고, 언젠가는 세상일에서 손을 놓고 내려와야 할 때가 있다. 등산에서 하산이 중요한 것처럼 인생에서의 하산도 그러하다고 생각된다.

역사적으로 인생에서의 하산을 잘한 경우와 잘못한 경우를 찾아보면 수없이 많을 것이다. 옛날 중국 전국 시대 때 월나라의 범려(范蠡)와 문종(文種)에 관한 고사는 그중에서도 대표적인 것으로 생각된다. 당시 월나라는 오나라와의 전쟁에서 왕이 오나라의 포로가 되는 수모를 당하였다. 나라가 거의 멸망 직전까지 갔었다. 두 사람은 월나라의 신하로서 22년이란 긴 세월 동안 갖은 고생을 다하여 나라를 부흥시켰다. 마침내 오나라를 쳐서 멸망시키고 원수를 갚았다. 범려는 목적이 달성되자 더는 높은 벼슬에 있는 것이 위험할 수 있다고 생각했다. 임금 구천(句踐)은 참을성은 많으나 질투심이 강해서 고생은 함께할 수 있어도 안락함은 함께 나누기 어려운 사람으로 보았기 때문이다. 즉시 세상일에 미련을 놓고 다른 곳으로 떠났다. 그리하여 천수(天壽)를 누리고 자자손손(子子孫孫) 잘살았다고 한다. 반면에 문종은 범려가 떠날 것을 권유했음에도 불구하고 위험한 임금 곁에 계속 남아 있었다. 결국은 모함에 빠지고 자결을 강요받았다. 비참한 최후를 당하여 비로소 후회하였다는 이야기이다. 하산하는 시기가 중요함을 보여주는 예라고 할 수 있다.

우리 주변에 보면 가끔 인기의 절정에 있던 연예인이 안 좋은 일로 인해서 어느 날 갑자기 사라지는 것을 본다. 또 어떤 때는 평생을 공직에 종사하던 분이 부정한 일과 관련되어 불명예스럽게 떠나는 것을 본다. 꼭 유명인사가 아니더라도 한창 일할 때는 남부럽지 않게 살았으나, 미처 노후를 전혀 준비해 놓지 못해 고단한 노년을 사시는 분들이 더러 있다. 모두 하산하는 방법이 문제가 있는 경우라고 볼 수 있다.

올라갈 때는 설령 길을 조금 잘 못 들어도 열심히 위를 향해 올라가면 정상에 닿게 된다. 그러나 내려올 때 아무 생각 없이 내려오다가는 엉뚱한 먼 곳에서 헤매거나, 갑자기 절벽을 만나 오도 가도 못하는 신세가 될 수도 있다. 더욱더 가파른 험한 산은 어떻게 하여 올라갈 수 있을지는 모르나 내려오기는 더욱 위험한 경우가 많다.

등산 강좌에서는 올라가는 방법 못지않게 내려오는 방법에 대하여 많은 교육을 한다. 그러나 인생에서는 그러하지 아니하다. 세상은 온통 올라가는 방법에 대한 교육만으로 가득하다. 서점에 가 보아도 성공하는 방법에 관한 책은 많으나 정작 명예롭게 물러나는 방법에 관한 책은 거의 없다.

"마지막에 웃는 자가 진짜 웃는 자"라는 말이 있다. 진짜 마지막이란 정상에 올랐을 때가 아니라 완전히 내려왔을 때를 뜻할 것이다. 세월이 흐르고 흐른 어느 화창한 봄날. 꽃들이 만발한 동산에서, 박수갈채 소리 들으며 내려오는 꿈을 꾸어 본다.

후지산 기행

후지산(富士山)은 일본의 상징이다. 일본에서 가장 높은 산이며, 일본을 알리는 홍보물에서 자주 볼 수 있는 산이다.

후지산 근처에 있는 시즈오카 공항이 가까워졌다. 하늘 아래로 얼핏 보이는 모습이 우리나라 시골 마을이 연상됐다. 어린 시절 시골에서 많이 본 눈에 익숙한 산자락에 있는 논들이 보였다. '이곳도 벼를 많이 재배하는구나!' 하고 생각했다. 막상 내려서 보니 그것은 논이 아니라 차밭이었다. 시즈오카가 일본 제1의 차 생산지라는 사실을 새로 알았다. 우리나라 시골에 웬만한 곳은 벼를 재배하듯이 이곳은 보이는 곳이 다 차밭이었다.

일정에 따라 점심을 먹은 다음에 산으로 향했다. 첫날 7합목산장[12]까지 가서 숙박하고 새벽 일찍 산을 올라 정상에서 일출을 볼 계획이

---

12) 우리나라 말로 하면 7부 능선이다. 일본에서는 합목(合目)이란 용어를 사용한다.

었다. 그러나 등산이 시작되는 장소에 도착했을 때 비가 오고 있었다. 현지 산악가이드 말에 의하면 비도 문제지만 바람이 더욱더 문제라고 했다. 산 위에는 초속 30m의 강풍이 예상된다고 한다. 할 수 없이 등산을 포기하고 숙소로 되돌아왔다. 둘째 날도 기상이 좋아지지 않아서 시내 관광으로 시간을 보냈다. TV를 보면 일본 전역이 비 때문에 난리가 난 모습을 보여주고 있었다. 저녁때 일행 모두 '이러다 후지산을 올라보지도 못하고 귀국해야 하는 것 아닌가?' 조바심을 냈다.

셋째 날 일기가 조금 좋아져서 등산이 가능할 것 같다는 전달이 왔다. 아침을 서둘러 먹고 버스를 타고 산으로 향했다. 차창 밖으로 보이는 일본의 자연은 언뜻 보면 우리나라와 같아 보였다. 열대 지방을 가면 얼핏 보기에도 평소에 볼 수 없는 식물들이 보여서 외국이라는 느낌이 든다. 그렇지만 일본에는 우리나라에서 자라는 식물과 같은 종류의 식물이 많은 것 같다.

산에서 자라는 나무 중에 눈에 띄는 것은 우리나라에서는 거의 볼 수 없는 삼나무다. 옛날에는 삼나무를 잘라서 주로 배를 만들 때 사용했다고 한다. 요즈음에는 나무로 배를 거의 만들지도 않고, 벌목 비용이 많이 들어서 그냥 산에서 자라게 놔둔다고 한다. 나무들 간에 개성이 보이지 않고, 다 똑같은 모습으로 하늘을 향해 직선으로 쭉쭉 뻗은 삼나무를 바라다보면 가장 일본적인 나무라는 생각이 든다. 우리나라가 곡선의 문화라면 일본은 직선의 문화가 아닐까 생각한다.

후지산 산행 출발지점인 5합목에 도착했을 때 하늘은 약간 흐려있었다. 그러나 염려하던 빗방울은 떨어지지 않았다. 단체 기념사진을 찍고 산행을 시작했다. 현지 산악가이드는 천천히 오르라고 했다. 빨리 오르면 고소 증세가 쉽게 올 수 있다는 점을 강조했다. 나는 내 페이스대로 빠르지도 늦지도 않게 걸었다.

6합목에 이를 때까지 그래도 나무가 있었으나, 6합목을 지나서는 나무는 구경할 수가 없었다. 넓고 긴 잎을 가진, 여러 줄기가 한 군데 뭉쳐나는 싱아 속[13]의 한 가지 풀만 보였다. 시선을 멀리하여 바라다보면 광활한 산 사면이 마치 한 가지 작물만 인공적으로 재배하는 고랭지 채소밭 같은 느낌도 들었다. 식물이 단체 생활을 중시하는 일본인의 속성답게 단순하게 한 종류로 통일이 된 것 같았다.

7합목에는 숙박할 수 있는 산장이 있었다. 바람이 세게 불기 시작하였다. 모두 산장 건물에 바짝 붙어서 바람을 피하며 잠시 쉬었다. 이곳부터는 이제까지 보이던 풀도 보이지 않았다. 오로지 돌과 흙만 보였다. 산행길은 변화 없는 일정한 급한 경사를 계속 올라가기만 했다. 우리나라의 산 같으면 대개 5분만 지나가도 보이는 것이 다르다. 이곳은 가도 가도 거의 비슷한 경관만 보였다. 한참을 올라가다가 뒤돌아보면 보이던 지형지물의 거리가 멀어져서 비로소 많이 올라온 것을 느끼게 되었다.

8합목을 지났다. 이제는 흙도 보기 어려웠다. 점점 검고 붉은 바위가 많아졌다. 안개가 슬슬 끼기 시작했다. 문득 주위를 둘러보니 많은 사람이 일자로 된 긴 지팡이를 짚고 올라오고 있다. 우리나라에서 흔히 볼 수 있는 등산 스틱이 아니다. 나무로 만들어져 있는데 출발지에서 관광 기념품으로 파는 물건이라고 한다. 얼핏 보기에 마치 쭉 뻗은 일

---

13) 학명 Aconogonum weyrichii var. weyrichii 임.

본도(日本刀)를 짚고 행진하는 것처럼 보였다.

9합목 산장을 지났다. 짙은 안개 사이로 허연 빙하가 내리깔린 것이 보였다. 등산로는 얼음을 밟으며 올라갔다. 7월 한여름에도 얼음을 볼 수 있는 것이 상당히 높은 곳에 왔다는 것이 실감이 났다.

마침내 화구벽 위에 도착했다. 이제까지 짙은 안개 속을 지나왔는데 갑자기 사방이 환해졌다. 안개는 올라온 아래쪽에만 있고 위쪽은 환하게 개인 날씨였다. 바로 앞에 일본 신사(神社)의 커다란 문(門)이 먼저 눈에 띄었다. 안쪽에 본 건물이 있고, 한쪽 옆으로 방문객들을 위한 식당과 편의점이 있었다. 이렇게 높은 곳에까지 신사(神社)가 있다니 과연 일본을 대표하는, 일본을 상징하는 산답다는 생각이 들었다. 나는 이런 것들을 지나쳐 화구벽 가까이 가서 안쪽이 궁금하여 내려다보았다. 속이 깊어서 잘 보이지 않았다. 혹시 잘못하여 떨어지면 위험하겠다는 생각이 들었다.

얼른 식당으로 되돌아와서 뒤늦게 오는 일행들을 기다렸다. 한 시간 정도 기다린 후에야 제일 마지막 사람이 도착했다. 일행 중에서 한두 분은 고소 증세로 매우 괴로워하였다. 다 모인 다음에 이곳에 온 기념으로 일본에서 제일 높은 곳에서 판매하는 컵라면으로 요기 했다.

빤히 바라다보이는 후지산 정상을 향해 발걸음을 옮겼다. 십 여분만 걸으면 오를 수 있다고 한다. 갑자기 거센 돌풍이 불기 시작했다. 몸을 제대로 가눌 수가 없었다. 자칫 잘못하면 바람에 휩쓸려 화구벽 안쪽으로 떨어질 것 같아 두려웠다. 곧이곧대로 직선적인 일본 정신에 의하면 그래도 무조건 전진. 올라야 하지 않을까? 그러나 아무도 바로 눈앞에 보이는 정상으로 갈 엄두를 내지 못했다. 주위에 있는 일본 사람들도 한 사람도 올라가는 사람이 없었다. 기다려도 바람은 잦아들지 않았다. 아쉬움을 가득 품고 산을 내려 올 수밖에 없었다.

C양과 K양의 추억

　만남에는 헤어짐이 있다. 치타 어미와 새끼의 이별은 그중에서도 극적(劇的)이다. 치타는 새끼가 어렸을 때 사자에게 들키지 않기 위해 매번 보금자리를 바꾸고, 갓 난 새끼들을 일일이 물어 옮겨 숨긴다. 사냥한 다음에는 새끼들에게 먼저 먹이고, 새끼들이 조금 자라면 사냥 기술을 전수하기 위해서 애쓴다. 치타 어미는 온갖 노력을 다했으므로 정이 깊을 것이다. 그러나 독립할 때가 되면 어느 날 잠든 새끼들의 뺨을 마지막으로 한번 핥아 주고, 순간 멀리 떠나간다. 나에게도 아쉬움이 있지만 헤어져야만 했던 추억이 있다.

　내가 그녀들을 처음 만났을 때, 내 나이 서른을 막 넘긴 아직 한창 청춘. 그때 K양의 나이는 갓 스물이 채 되었을까? C양은 그 보다 서너 살 정도 더 먹은 스물 서넛의 꽃다운 아가씨들이었다. K양은 키가 150센티가 채 안 되는 작고 가냘픈 체격이었고, C양은 중간 이상의 키에

튼실해 보이는 건강한 체격이었다. 그녀들끼리는 평소 친밀하게 지내는 사이였다. 그녀들은 내가 몸담은 산악회의 첫 여성 후배들이었다.

K양과의 첫 산행은 설악산 용아장성이었다. 일반 산행도 아니고 암능을 하루 종일 등반해야 하는데, 초보자 그것도 연약한 몸매의 아가씨를 동행해야 하는 것이 많이 망설여졌었다. 산행 전날 달도 없는 캄캄한 밤. 자정이 지난 늦은 시간에 산장에 도착하였다. 자는 둥 마는 둥 잠깐 눈을 붙였다가 새벽에 일찍 등반을 시작했다. 때마침 설악은 한창 단풍철이었다. 암능 오른쪽에는 구곡담 계곡의 폭포들이, 왼쪽에는 단풍에 물든 가야동 계곡, 앞쪽으로는 껑충 뛰면 건너 닿을 듯한 공룡능선이 장관을 이루며 한눈에 들어왔다. 그러나 등반하는 내내 K양이 걱정이었다. 지난밤에 잠도 제대로 못 잔 데다가 식욕도 없는지 간식도 먹으려 하지 않았다. 쉴 때마다 반강제로 계속 먹이면서 등반을 했다. 며칠 후 등반 교육을 할 때 장시간 등반 중에는 열량을 수시로 공급하는 것이 중요하다고 이야기해 주었다.

그해 가을이 갈 무렵에 정규 산악인으로서는 필수과정인 암벽등반교육을 하였다. 용화산 장수 바위에서 로프를 이용하여 하강하는 방법, 슬랩 등반[14]과 크랙 등반[15]의 기본자세를 몸에 익히도록 했다. 나는 암벽교육을 시작하기 전에 무념무상(無念無想)을 강조하였다. "사

---

14)   slab : 경사진 판판한 바위 사면.

15)   crack : 갈라진 바위의 틈새.

▲ 설악산의 용아장성능

는 것도, 죽는 것도, 아무것도 생각하지 마라." "오직 주어진 순간순간
에만 최선을 다하는 거야." 큰 소리로 무념무상을 몇 번 복창하게 했
다. 마음속의 잡념을 제거하여 실수를 예방하고 암벽등반의 도(道)를
가르치기 위함이다. C양과 K양은 평상시 사용하지 않던 근육을 사용
하게 되어 온몸에 알이 배서 며칠 고생했다는 이야기를 나중에 들었
다. 그러나 그날은 힘든 교육을 최대한 따라 하려고 하는 모습을 보여
주었다.

다음 해 겨울에 여러 대원과 함께 하얀 눈 쌓인 설악으로 동계훈련
을 하러 갔다. 마등령에서 야영하는데 바람이 불어 텐트가 밤새 계속

흔들렸다. 어둠이 가시지 않은 새벽. 영하의 추운 날씨지만 나는 대원들을 휘둘러 깨웠다. 한창 젊은 시절 나는 정해진 시간에 못 일어난 대원은 침낭 채로 텐트 밖 눈벌판으로 강제로 끌어내기도 했다. 진짜 등반대원이 되려면 어떤 악조건에서도 임무를 수행하고자 해야 한다고 생각했다. 그녀들은 역할을 주면 한밤중이라도 스스로 정해진 시간에 일어났다. 손을 호호 불며 얼음과 눈을 녹여서 먹을 물을 만들고, 밥을 짓는 일을 아무 말 없이 해 주었다.

어느 해 여름 훈련 등반 때 1287릿지16)에 가기 위해 여성 대원 두명을 인솔하고 설악산 백담 계곡을 걸었다. 키보다 훨씬 큰 배낭을 짊어진 아가씨들을 보고 지나가는 사람마다 "웬 아가씨들 배낭이 이리 커요. 남자분이 좀 나눠서 지면 안 돼요." 한마디씩 했다. 그때마다 나는 하중(荷重)훈련이라고 간단히 설명했다. 그녀들은 힘들었겠지만 내색하지 않고 이를 악물고 걷는 듯했다. 나는 마음속으로는 애처로웠지만 겉으로 드러낼 수는 없었다. 진짜 산악인이 되려면 이보다 더한 어려움도 견뎌 낼 수 있어야 한다고 생각했기 때문이다.

1287릿지에서 K양에게 선등을 명했다. 인적 없는 원시림을 헤집고, 암벽을 기어오르고 다람쥐처럼 날렵하게 잘도 올랐다. 로프를 따라 뒤쫓아 가며 발밑을 내려다보면, 밑이 보이지 않는 까마득한 절벽이 곳곳이었다. 작고 부드러운 몸에서 어떻게 그런 용기와 힘이 솟는지 놀

---

16)   ridge : 암벽으로 이어진 능선.

라웠다. 우리 세 명 외엔 아무도 없는 암능 위에서 텐트도 치지 않고 별을 보며 비박하던 일이 아련하다.

언젠가 겨울 빙벽 등반을 마치고 내려오다가 C양은 경사진 사면을 발로 디뎠다. 바위를 살짝 덮은 눈이었다. 아! 하는 순간. 그대로 데굴 데굴 구르기 시작했다. 순식간의 일. 미처 손쓸 사이가 없었다. 잠시 후 사면을 돌아내려 가 봤더니 요행히 두 개의 나무줄기 사이에 걸려있었다. 지금 생각해도 얼마나 다행이었는지 모른다.

C양과 K양은 4~5년 함께 산에 다녔다. 어느 날 두 아가씨가 비슷한 시기에 결혼하여 멀리 떠나게 되었다. 그동안 함께 걷고, 밥을 먹고, 야외에서 몇 번인가 밤을 같이 지새우기도 했고, 때로는 위험한 상황도 함께 했다. 그때마다 나는 항상 냉엄한 대장이었고, 그녀들은 대장의 명에 무조건 복종하는 성실한 대원이었다. 그러나 한솥밥을 오래 먹으면 정이 든다고 한다. 우리는 산악인으로서 순수했고, 서로 말하지 않아도 뜻이 통하는 듯한 그런 사이였다. 본능적으로 두 사람이 이제 떠난다고 생각하니 서운했다. 그러나 언젠가 올 날이 왔으므로 내색할 수는 없었다. 내가 할 수 있는 마지막 일은 아쉬운 감정을 감추고 송별연이나마 조금 성대하게 해 주려고 애쓰는 것밖에 없었다.

C양과 K양이 떠나고 한동안 허전하였다. 그러던 어느 날 TV에서 치타의 생태를 보여주는 동물 다큐멘터리를 보게 되었다. 세상에 어미와 새끼 사이처럼 진한 관계는 없을 것이다. 치타 어미는 새끼를 위하여

정성을 다했다. 그러나 예정된 날이 오면 더는 미련을 갖지 않고 홀연히 떠났다. 때가 되면 추억으로만 간직하여야 하는가 보다. 다만 헤어질 때 아쉬움이 있었다면 그 만남은 아름다운 만남이었으리라.

호남 명산 백암산

신선한 아침. 내가 운전하는 차량은 남쪽을 향해 달린다. 지금쯤 남쪽에는 길가에 화사한 벚꽃의 꽃잎이 날리고, 산들은 죄다 푸릇푸릇한 신록으로 덮여있으리라. 한동안 뜸하다가 봄이 와서 기지개를 켠 남쪽 지방으로의 원거리 산행. 매년 봄이 되면 나그네 되어 어디론가 한 번쯤 훌쩍 떠나보고 싶은데, 아마도 그것은 인지상정(人之常情)일 것 같다.

2017년 4월 19일 전남 장성에 있는 백암산(일명 백양산)을 찾았다. 예로부터 '봄 백양 가을 내장'이란 전해오는 말이 있다. 봄에는 백양산의 신록이, 가을에는 내장산의 단풍이 좋다는 뜻이다. 이왕이면 이 산이 가장 아름다운 절기에 맞춰 방문하려고 기다렸었다. 오래 고대했던 탓인지 가는 내내 마음이 설렜다.

백암산에 도착하여 산행을 시작하였다. 매표소를 지나 얼마 걷지 않아 길옆에 약 30주의 오래된 갈참나무 군락이 있음을 알리는 안내판이 있었는데, 특별히 우리나라에서 가장 오래된 나이가 약 700살이나 된 갈참나무에는 별도로 이를 알리는 표지가 있었다. 700년 전이면 고려 시대쯤 되는데 어떻게 그때부터 지금까지 긴 세월 동안 살아남았는지 대단한 일이다. 우리 일행들은 각자 거대한 나무 앞에서 자세를 잡고 기념사진을 찍어 보았다.

백양사에 이르니 절 앞에 있는 연못의 정취가 그윽하다. 잔잔한 연못물 저편으로 쌍계루란 건물이 보이고, 그 건물 기와지붕 위로 연한 초록색의 가파른 산 사면, 그 위로 하얀 바위봉우리 백학봉이 한눈에 들어오는데, 마음속으로 '과연 이것이 명산이구나' 하는 느낌이 한순간에 들어왔다. 이 경치는 이곳 입장권과 다른 안내하는 자료에도 나와 있지만, 사진만으로는 감흥이 쉽게 떠오르지 않더니, 실제 경치를 보니 아름답다는 느낌이 와 닿았다.

백양사를 지나서 우리는 약사암을 거쳐 백학봉으로 가기로 했다. 약사암 가는 길은 돌계단이 놓인 곳을 갈지자(之) 형태로 적당히 구불구불 올라갔다. 약사암은 바위로 된 백학봉 오르는 길 중턱에, 까맣게 솟은 절벽 밑에 있는 암자다. 암자에서 잠시 쉬면서 아래쪽을 내려다보았다. 연한 초록색이 가득 찬 골짜기에 들어앉은 백양사가 보였다. 고요하고, 아늑한 느낌이 들었다. 바윗길 중간에 전망 좋은 이런 암자가 있는 것이 신기하기도 했다.

약사암 바로 옆에 영천굴이라는 약수가 흘러나오는 바위굴이 있다. 이곳에서 시원한 물맛을 보고 다시 오르기 시작했다. 영천굴에서 백학봉까지는 거리가 꽤 되는 경사가 급한 계단 길이다. 다행히 타이어 자른 것을 깔아서 발에 오는 충격은 덜했다. 우리 일행들은 쉬지 않고 올랐는데, 하지만 산행 초보자는 지치지 않으려면 체력에 맞춰 쉬엄쉬엄 올라야 할 길이다. 백학봉에 도착하여 아래를 내려다보았다. 이곳은 전망이 좋은 곳이다. 연둣빛으로 물든 산에 분홍빛 꽃들이 점점이 피어 있는 모습. 마치 커다란 화폭에 크레파스로 그린 그림을 보는 것 같은 느낌이었다. '봄에 백양산이 좋다'는 말은 바로 이런 건가 하는 생각이 들었다.

백학봉에서 정상인 상왕봉까지는 고도차가 별로 없는 완만한 능선이다. 산죽(山竹)밭 사이로 난 능선 길을 편안한 마음으로 걸을 수 있었다. 정상에는 아래 세상과 달리 아직 나뭇잎은 나오지 않았으나, 따뜻한 날씨에 진달래는 피어 있어 봄기운은 느낄 수 있었다. 명산의 정상을 찾은 보람을 누린 후에 내려올 때는 또 다른 기분을 맛보기 위해 시원한 계곡 길을 택했다.

내려오면서 백양사 바로 못미처에 백암산 국기제단(國祈祭壇)이 있었다. 이 제단은 옛날 전염병 등 재앙이 발생했을 때 나라에서 하늘과 땅의 신에게 제사 지내던 중요한 곳이다. 지금도 장성군에서 이 문화를 계승보전(繼承保全)하기 위하여 매년 가을에 제사를 지낸다고 했다. 이러한 전통이 이곳에 있는 것은 백암산이 오래전부터 이 지역의 제일가는 명산이기 때문일 것이다.

다음에 백양사 경내를 천천히 관람하였다. 먼저 내 고장에서 보기 어려운 자목련이 곱게 피어 있어서 한참 동안 살펴보았다. 이 절은 백제 무왕 시대에 처음 창건된 유서 깊은 곳인데 지금은 그 당시의 유물은 보이지 않았다. 눈에 띄는 유물은 사천왕문으로 전라남도 유형 문화재이다. 사천왕상 4개가 상당한 크기로 색채가 강렬한 느낌을 주었다.

절 경내에서 절 지붕 너머로 보이는 백학봉 풍경도 아름다웠다. 절 밖에서 보는 것과는 미묘한 차이가 있었다.

절을 나와서 공원 들어오는 입구 부근에 있는 가인 야영장으로 갔다. 하룻밤 머무를 텐트를 설치했다. 춥지도 덥지도 않고, 모기 같은 해충도 없는 일 년 중에서 야영하기 가장 좋은 계절인데, 넓은 야영장에 우리뿐. 참으로 자유롭다. 여유가 있어서 동행한 L이 준비한 다구(茶具)를 벌려 놓고 물을 끓여 녹차를 마시며 담소(談笑)를 즐겼다. 저녁 식사는 일행인 H의 배려로 인근 식당에서 이곳에서만 맛볼 수 있는 토속음식을 맛보는 즐거움도 느꼈다.

다음날 돌아오는 길에 L이 말했다.

"우리가 이 먼 곳을 언제 또다시 오게 될까요?"

나는 대답하기를.

"이 부근에 다른 명산도 많아요. 언젠가 다시 한 번 와요."

정말 다시 오고 싶었다. 아무런 부담 없는, 자유로운 이런 나그넷길이 나는 좋았다.

남한 100대 명산 순례산행을 마치고

　드디어 100대 명산 순례산행을 마쳤다. 올해 2018년 11월 18일 충남 오서산을 다녀옴으로써 오랜 기간 추진해 왔던 과제가 실현됐다. 내가 명산으로 손꼽히는 산을 처음 오른 것은 젊은 시절인 1973년에 내 고향 춘천에 있는 삼악산을 오른 것이니, 그때로부터 45년 만에 이루어진 일이다. 후련하고 흡족했다.

▲ 100대 명산 순례산행을 완료하면서(오서산 정상에서)

1990년 여름에 일주일간에 걸쳐 전라남도 바닷가 지역의 다섯 개 산을 다녀온 적이 있다. 그 후 별다른 일이 없는 해이면 여름이나 겨울에 며칠 시간을 내어 전국의 명산을 몇 개씩 다녀오곤 했었다. 그러던 중에 100대 명산 산행을 해야 하겠다고 생각하게 된 계기가 되는 사건이 있었다. 2002년에 산림청에서 '세계 산의 해'를 기념하고 산의 가치와 중요성을 새롭게 인식하기 위해 100대 명산을 선정하여 발표했다. 그 산 목록을 살펴보았더니 대략 60여 개의 명산을 나는 이미 다녀왔다. 나머지 산도 모두 찾아봐야겠다고 그때 생각했다.

그 후 산림청 외에도 한국의 산하 인터넷 사이트와 블랙야크 아웃도어 회사에서도 나름의 기준으로 100대 명산을 선정하여 발표했다. 3개 기관의 목록을 비교해 보았더니 많은 산이 3개 기관에서 공통으로 선정되었지만, 기관에 따라서는 서로 다른 부분도 있었다. 그래서 3개 기관에서 선정된 산들의 총 개수는 100개를 초과한 129개이다. 나는 이왕이면 3개 기관에서 발표한 100대 명산을 모두 다녀와야겠다고 생각했다.

마음속에 명산 순례산행을 완성하겠다는 생각은 있었지만 서두르지는 않았다. 해마다 몇 개씩만 새로운 산 이름을 나의 명산 답사 목록에 추가했다. 그런데 올해는 예년과 달리 3개 기관의 명산에 해당하는 산을 22곳이나 새로 다녀왔다. 이렇게 된 것은 남만큼 운동도 하고 건강관리를 함에도 최근 2, 3년 사이에 해가 갈수록 몸에 이상이 생기는 현상을 심각하게 받아들였기 때문이다. 그래서 그래도 걸을 수 있을 때 100대 명산 산행을 서둘러서 마쳐야겠다고 생각했다. 결과적으로 올해 그동안 목표로 했던 산행을 완료할 수 있었다.

많은 산을 다닌 사람으로서 가끔 듣는 질문은 '직접 경험한 최고의 명산은 어딘가?' 이다. 산은 역시 지리산이나 설악산처럼 큰 산이 다양해서 볼거리가 많다. 작은 산 중에서 굳이 꼽으라면 나로서는 내 고향 춘천 삼악산을 추천하고 싶다. 봄에 꽃 필 때쯤 의암호에서 바라보는 바위와 소나무, 날씨 좋은 여름날 산에서 내려다보는 시원한 호수 경관, 옛 경춘 철도(지금은 레일바이크길)에서 건너다보는 삼악산 단풍은 세상 어디 내놔도 아름다운 풍경이다.

　요즈음은 명산 산행을 하는 사람들이 상당히 많다. 블랙야크 회사에서 운영하는 100 명산 산행 인증 사이트에 들어가 보면 무려 82,000명이 넘는 사람들이 참여하고 있으며, 블랙야크 100 명산을 완주한 사람들의 수도 3,000명에 육박하고 있다. 가히 '100대 명산 대중화 시대' 라고 할만하다.

　장차 100대 명산 산행을 하고자 하는 이들을 위해 그동안 느꼈던 점을 말해 본다. 첫째, 현재 거주하고 있는 지역에서 멀리 있는 산을 하나씩 다녀오려면 시간적으로나 비용면에서 상당한 부담이 된다. 원거리에 있는 산은 가능하면 일 년에 한두 번이라도 며칠 시간을 내서 몇 군데를 한 번에 다녀오는 것이 효과적이다.

　둘째, 예전에는 100대 명산을 산행을 완료하기까지 상당히 긴 기간이 필요했다. 그런데 요즘은 교통수단의 발달과 명산 산행을 주관하는 단체 등이 많아서 기간을 단축할 수 있다. 심지어는 6개월 만에 100대 명산을 완주하는 이들도 있다. 그렇지만 그렇게 100대 명산 산행을 짧은 기간에 기록경기 하듯 다투어서 해서는 남는 추억이 적을 것 같다. 어느 정도 기간을 두고, 충분히 음미해 가면서 명산 산행을 해야 더 가치 있을 것 같다.

셋째, 산행하다 보면 어떤 이들은 정상 인증사진만 찍고 다른 사진은 별로 없는 경우가 있다. 남는 것은 사진과 기록밖에 없다. 산을 다녀올 때마다 산행기를 쓸 수 있으면 좋지만 사실 글을 쓴다는 것은 누구나 가능한 일은 아니다. 반면에 사진은 누구나 쉽게 촬영할 수 있다. 가능하면 많은 사진을 찍어 두는 것이 나중에 추억을 위해서 좋을 것이다.

마지막으로 100대 명산 산행을 생각했으면 한 살이라도 더 들기 전에 빨리 시작하는 것이 좋다고 감히 말씀드린다. 어떤 현업에 종사하는 이 중에는 '지금은 바빠서 안 되고 나중에 현직에서 은퇴한 다음에나 해 보겠다'는 이들도 있었다. 칠팔십 세가 되어도 젊은이 못지않은 체력을 가진 이들도 있다. 그러나 그것은 간혹 있는 일이고, 사람들은 아무리 건강관리를 잘해도 나이가 들수록 체력이 떨어지고 몸에 이상이 생기는 것이 보통이다. 조금이라도 젊을 때, 건강할 때 시작하는 것이 좋다. 나이가 너무 들면 하고 싶어도 할 수 없는 것이 있다. 만약 일이 바빠서 일 년에 서너 개의 산밖에 다닐 수 없는 젊은이라도 100대 명산 산행을 생각했으면 당장 시작하라고 권하고 싶다. 산행도 장기간 꾸준히 하기 위해서는 나름대로 목표가 필요하다. 목표가 있으면 언젠가는 이룰 수 있다. 좀 남보다 천천히 이뤄지면 어떤가?

우리나라의 100대 명산을 모두 올라보았다는 것은 큰 보람이다. 그동안 명산을 오가며 전국 방방곡곡을 두루두루 살펴보는 것도 즐거운 일이었다. 오랫동안 산행하면서 별일 없었던 것도 큰 다행으로 생각한다. 마지막 산행에 귀한 시간 내어 함께 하면서 축하해 주신 분들에게 감사드린다.

30년 만에 대만 옥산에 오르다

옥산(玉山) 산행 3일 차. 드디어 오늘이 오랫동안, 30년을 기다렸던 해발 3,952m 높이의 옥산 주봉을 오르는 날이다. 이곳 배운 산장에서 옥산 주봉까지의 거리는 2.4km. 새벽 4시에 가이드를 선두에 세우고 배운 산장을 출발했다. 간밤에 눈이 왔으므로 등산화에는 아이젠을 아예 착용하고 걷기 시작했다. 아이젠에 뽀득뽀득 밟히는 얼어붙은 눈의 촉감이 좋았다.

옥산으로 올라가는 길은 거대한 경사면을 갈지자(之)로 이리 갔다가 저리 갔다가 하며 완만하게 올라갔다. 앞에 선 가이드는 느릿느릿한 걸음으로 대원들을 인솔했다. 사방은 아직 어둠 속, 아무것도 보이지 않았다. 헤드랜턴 불빛을 비추고 앞사람 등만 보고 천천히 따라갔다.

두 시간 정도 지나자 서서히 밝아져서 주변을 비로소 식별할 수 있었다. 우리가 오르는 옥산 주봉이 거대한 바위산인 걸 알 수 있었다. 밤새 온 눈을 하얗게 뒤집어쓴 모습이 완전한 겨울 산이었다. 올라갈수록 밝아져서 아래 세상의 경치가 잘 보이는데 검은 바위 봉우리들이 하얀 눈을 뒤집어쓴 풍경이 알프스나 히말라야의 경치를 연상시켰다.

옥산 주봉까지 0.4km 남았음을 알려주는 표지석을 얼마 지나지 않아 등산로는 거대한 바위벽에 심한 급경사인데, 쇠사슬이 쭉 설치되어 있었다. 쇠사슬은 모두 자잘한 고드름이 주렁주렁 얼어붙어 있는 얼음 덩어리 상태였다. 알파인 스틱을 두 개 모두 사용할 수 없고, 스틱 한 개만 사용하여 한 손은 스틱, 다른 한 손은 쇠사슬을 잡거나 아니면, 아예 스틱은 사용하지 않고 두 손으로 쇠사슬만 잡고, 심한 경사의 흰 눈 덮인 바윗길을 지그재그로 올라야 했다. 바로 위를 쳐다보면 우리를 압도하는 거의 수직의 바윗덩어리, 내려다보면 만길 벼랑, 발바닥은 얼어붙은 하얀 눈을 딛고, 손에 잡히는 곳도 역시 얼음덩어리, 잠시도 맘을 편하게 해주지 않는 긴장의 연속이었다. 모두 조심조심해서 올랐다.

마침내 옥산 주봉에 이르렀다. 나는 등반대의 선두그룹으로 올라갔는데 내가 도착한 시간은 오전 7시 30분 아침이다. 오랫동안 마음속에 두고 있던 등반이어서 감개무량했다. 정상에서 가까운 봉우리들을 바라보았더니 거대한 검은색의 바윗덩어리가 하얀 눈을 뒤집어쓰고 있는 설정인데, 안개가 순간적으로 가렸다가 다시 흩어졌다가를 반복해서 환상적이었다. 반면에 시원하게 아래 세상을 전부 한눈에 보여 주지를 않는 점은 아쉬웠다. 정상 표지석은 산 규모에 비하여 자그마했다. 흰 눈이 덮여 있어서 내가 장갑 낀 손으로 눈을 쓸어 내자 옥산 주봉이라고 한자로 쓴 글씨가 보였다. 뒤를 이어 도착한 대원들은 우선 각자 옥산 주봉 표지석을 배경으로 개인 기념사진부터 찍었다. 전 인원이 도착하자 산악회기가 그려진 기념 현수막을 들고 단체 사진을 촬영했다. 정상은 바람이 좀 있고 차가운 날씨였다. 대원들은 안개가 개기를 기다려 이 높은 산에 솟아 있는 해를 보고 싶었다. 그러나 언제 개일지 알 수 없는 일이어서 아쉬움을 머금고 정상에서 그리 오랜 시간 머무르지 않고 하산을 시작했다.

▲ 대만 옥산 정상

올라온 길을 되돌아 내려갔다. 올라올 때는 그래도 바로 위만 쳐다보아서 두려움이 덜했는데 내려갈 때는 거대한 벼랑이 한눈에 내려다보여서 더 긴장되었다. 모두 조심조심, 얼어붙은 쇠사슬을 잡고, 아이젠 착용한 등산화를 한발 한발 내려놓았다.

정상에서 0.4km 지점을 지나자 비로소 마음이 놓였다. 거대한 경사면에 갈지자(之)로 난 등산로를 따라 내려가는데 올라올 때는 어두워서 못 보았던 경치가 한눈에 내려다보였다. 걸음도 올라올 때와는 달리 힘들지 않고 편안했다. 내려갈수록 바위보다는 주목 비슷한 나무들이 많은 사면이 되었다.

8시 40분에 배운 산장으로 돌아왔다. 오르기 전에는 평소 허리가 조금 불편한 상태여서 긴장을 많이 했고, 오르는 동안에도 허리 통증이 간간이 와서 참으며 등반했는데 무사히 다녀와서 몸과 마음이 풀렸다. 1시간 정도의 휴식 시간이 주어져서 조용히 쉬면서 옥산과의 인연을 회상해 보게 되었다.

때는 지금부터 꼭 30년 전인 1989년이다. 강원도 산악연맹에서는 연맹 차원의 첫 해외 등반으로 대만 옥산을 5박 6일간에 걸쳐 다녀온 적이 있다. 지금은 돈과 시간만 있으면 누구나 해외여행이 자유롭다. 그러나 그때는 정부의 복잡한 허가 절차를 거쳐야지만 해외 등반을 다녀올 수 있는 시대였다. 그때 나도 그 등반대의 대원 중 한 사람이었는데 아쉽게도 등반을 한 달 정도 남기고 건강이 악화해서 나만 참여할 수 없었다. 그 후 옥산 등반은 나의 마음 한구석에 이루지 못한 미련으로 남아 있었다. 오랫동안 간직했던 응어리가 이제 해소되어 홀가분해졌다.

배운 산장에서 옥산 등산구로 내려가는 이번 산행의 마지막 반나절 트레킹 길은 거대한 산허리를 끼고 대부분 완만하고 길게 이어졌다. 올라올 때는 비가 와서 못 보았던 경치를 즐길 수 있었다. 시원하게 내려다보이는 큰 계곡, 계곡 건너편에 보이는 거대한 바위 절벽과 바위 봉우리들, 우리나라에서 볼 수 없는 이곳만의 경관을 계속 바라다보면서 걸었다. 어쩌면 30년 전에 즐길 수 있었던 이 풍경을 이제야 즐긴다는 생각이 들었다. 어떤 꿈을 오래 품고 있으면 이루어질 때도 있나 보다. 흡족한 마음이 가득, 발걸음도 가벼웠다.

제3부

눈 덮인 산과 바윗길

겨울 계곡

아직 어둠이 얇게 깔린 이른 아침에 이름 없는 계곡으로 가는 눈길을 걷는다. 눈이 내린 지 꽤 됐지만 오늘 내가 걷는 길에는 먼저 간 사람의 발자국은 전혀 없다. 신선한 겨울 새벽에 깨끗한 설원에 뽀드득 뽀드득 첫 발자국을 내면서 걷는다.

길을 걸음에 따라 서서히 어둠이 가셔지며, 겨울 계곡의 모습이 드러나기 시작한다. 계곡 옆 능선에는 하얀 설화를 뒤집어쓴 푸른 소나무와 검은 바위가 잘 어우러져 보이고, 눈이 덮여있는 계곡에는 간간이 매끄러운 얼음판이 부분적으로 나타났다가 다시 눈길이 계속된다.

문득 계곡은 두 갈래로 갈라진다.

어느 계곡으로 갈 것인가? 잠깐 망설여진다.

인생은 선택의 문제라는데 등산도 매한가지인 경우가 많다.

되돌아 생각하면 인생에 있어서 젊은 시절 선택할 수 있는 것이 여러 가지인데 잘 선택하면 평생이 편안하고, 잘 못 선택하면 평생이 고단하다.

 산길을 들 때는 별생각 없이 들었지만 길을 잘 들면 하루가 편안하고, 잘 못 들면 하루가 힘들다.

 두 갈래 길을 살펴보니 한쪽 길에는 이름 모를 동물의 발자국이 보이고, 다른 한쪽 길에는 이제 와 마찬가지로 아무런 흔적이 없다. 나는 이왕이면 동물의 발자국도, 아무런 흔적도 없는 눈길을 첫 번째로 밟고 싶은 욕망이 솟아올랐다. 아무런 흔적이 없는 골짜기로 접어들었는데 골짜기 폭이 차츰 좁아지고 계곡 양옆에 바위들이 나타나더니 어느 순간 이제 길은 눈길에서 매끄러운 얼음이 쫙 깔린 빙계(氷溪)가 눈앞에 나타난다.

 배낭에서 12발짜리 아이젠을 꺼내서 착용한다. 단단하고 매끄러운 얼음길이어서 한 걸음 한걸음 아이젠 열 발톱을 확실히 찍으며, 픽켈로 짚으며 걷는다. 아무도 간 사람이 없는 깨끗한 얼음길을 걷는 기분이 상쾌하다.

 눈앞에 높이 8~10m 정도 되는 빙벽이 나타났다. 작은 빙벽이지만 새로운 빙벽을 보게 되어 반가웠다. 본능적으로 올라보고 싶은 욕망이 샘 솟는다. 오른손으로 긴 픽켈을 높이 들어 빙벽에 찍고 픽켈 자루를 잡은 다음에 왼손으로 픽켈의 머리 부분을 감싸 쥐고, 아이젠을 신은 두 발을 끌어 올려 아이젠 앞발톱을 빙벽에 박는 동작(삐올레 앙크르 기술)을 반복하며 빙벽을 오른다. 한 동작 한 동작 할 때마다 손으로는 픽켈의 픽크가 단단하게 박혔나, 발로는 아이젠 앞발톱이 역시 잘 박혔나 확인하면서 올랐다. 처음 올라가는 빙벽이므로 한 스텝 올라갈 때마다 새로움이다. 설레는 마음에 가슴이 두근거린다. 아무도 가지 않은 빙벽을 찍는 맛! 희열이 느껴진다.

빙벽이 끝나고 계곡 길은 다시 설원이다. 눈이 많아져서 이제는 발이 무릎까지 푹푹 빠진다. 진짜 겨울산에 온 느낌이다.

한동안 오르자 계곡이 옅어지고, 이제 막바지 가파른 사면으로 올라간다.

곧 능선의 작은 봉우리에 오른다. 사방은 연한 연무가 끼어서 먼 곳의 풍경이 꿈속에서 보는 풍경처럼 어렴풋이 보였다. 마치 꿈을 꾸고 있는 기분이었다.

난 사람들이 북적거리며 오르는 곳보다 홀로 조용히 생각하면서 걸을 수 있는 산길을 좋아한다. 널리 알려진 곳, 기지(旣知)의 곳보다는 미지(未知)의 신비감이 조금이라도 남아 있는 곳을, 자연이 그대로 살아 있는 곳을 더 좋아한다. 진정한 즐거움이란 많은 사람이 알고 있는 것이기보다는 나 혼자 새로운 것을 찾는 기쁨이리라.

눈 온 날의 산행

새벽에 눈이 많이 내렸다. 겨울 가기 전에 눈에 푹푹 빠지며 걷는 산행을 하고 싶어 산으로 향했다. 산어귀에 도착했을 때 하늘은 아직 잿빛이고 백설이 간간이 날리고 있었다. 사방은 아직 어스름한 상태였다.

골짜기가 끝나고, 언덕이 시작되는 부분에 조그만 펜션이 하나 있었다. 사람들은 안 보였다. 어린 강아지 두 마리만 마중 나왔다. 목줄도 없이 자연 그대로 살고 있었다. 눈밭에서 자유롭게 놀고 있는 천진스러운 그들의 모습을 바라다보았다. 우리의 아주 어렸을 때가 잠시 연상되었다.

산길은 소나무 숲으로 접어들었다. 눈을 뒤집어쓴 푸른 소나무 사이로 한 줄기 하얀 눈길이 산 위쪽을 향해 뻗어 있었다. 무채색의 세상을 걷다가 파란색이 눈에 띄는 세상을 걷게 되자 신선한 기분이 들었다. 이곳 소나무들은 아무런 구김살 없이 자란 청춘들처럼 제각각 자라고 싶은 대로 위를 향해 곧게 뻗어 있었다.

　한동안 사방이 온통 하얀색 이외에는 아무것도 보이지 않는 설원을 걸었다. 먼 곳이나 가까운 곳이나 다 똑같이 보이는 세상을 아무 생각 없이 앞만 보고 걸었다.

　원래 길인지, 아니면 눈에 파묻혔는지 분명치 않아졌다. 나는 능선이 가까워 보이는 사면으로 그냥 올라붙었다. 사면은 생각 외로 경사가 심하고, 눈이 무릎보다 더 높이 쌓여 있었다. 여기까지는 그냥 한 손으로 픽켈을 짚으며 올랐지만, 이제부터는 픽켈의 머리 부분을 두 손으로 잡고, 픽켈 자루는 눈 속에 박은 다음에 두 발을 교대로 눈 사면을 찍고 몸을 끌어 올리는 소위 삐올레 망쉐 기술을 써야 했다. 다른 이들 같으면 눈이 많이 쌓인 이런 급경사 사면을 오르는 것이 힘들고 지루했겠지만 나는 이러한 즐거움을 위해서 이곳에 왔다.

급경사 눈 사면이 끝나고 능선에 올랐다. 능선에는 온통 설화(雪花) 세상이다. 조금 떨어져 보이는 참나무, 바로 앞에 있는 아기자기한 진달래 나무, 너나 할 것 없이 흰 눈을 뒤집어쓰고 있다. 때맞추어 흐릿하던 날씨가 나무들 사이로 햇살을 비추기 시작하였다. 설화가 다이아몬드보다 더 반짝거리는 모습이 눈부셨다. 가장 성공한 황금기의 인생처럼 찬란했다. 바람이 한 줄기 불자 높은 참나무 가지에 얹혀 있던 눈이 날리며 나의 목덜미를 상쾌하게 적시었다. 나는 흩날리는 눈을 피하지 않았다. 축제 때 뿌려지는 꽃가루라 여기고, 바람에 날리면 날리는 대로 맞으며 걸었다.

능선 길에 눈이 덮인 검은 바위들이 나타났다. 갑자기 경사가 급해지며 올라갔다. 양 옆을 내려다보니 10여 미터 되는 수직 절벽인 암릉 상태이다. 눈이 덮인 바위 선반 위로 한발을 시험 삼아 내디뎌 보았다. 금새 발이 미끄러진다. 바위에 얇은 얼음이 살짝 깔리고, 그 위에 눈이 쌓여 있는 상태이다. 픽켈로 바위 위의 눈을 일일이 걷어내며, 발 디딤 자리를 한발 한발 확인해 보았다. 두 손으로는 바위 모서리와 바위 틈새에 자라고 있는 나무 밑둥치를 잡으며 올랐다. 어떤 때는 픽켈의 픽크를 바위 틈새에 걸거나 나무 밑둥치에 걸고 몸을 끌어올리기도 했다. 암릉 길은 거리가 얼마 되지 않았으나 평범한 산길에 비해 변화를 주어 스릴이 있었다. 마치 성공한 뒤에도 예기치 않게 찾아오는 위기 같은 느낌이 들었다.

길의 험한 부분은 지났다. 마지막 오르는 길은 부드럽고 완만한 곳이었다. 부담 없는 능선 길을 조금 걸으면 되었다. 산꼭대기에서는 한쪽으로 큰 산의 흐릿한 설경이 멀리 아스라이 보였다. 그 외는 흐린 날씨로 이렇다 할 뚜렷한 모습이 보이지 않았다. 정상은 서너 평 넓이 남짓한 작고 편편한 공간에 조그마한 표지석 하나만 달랑 있는 모습이었다. 정상 표지석에는 '修德山' 세 글자가 새겨져 있었다.

수덕산!
덕(德)을 닦는(修) 산(山)이라!
어쩌면 덕을 닦은 모습이란 요란스러운, 남의 눈에 확 띄는 그런 모습이 아니라 지극히 평범한, 자연스러운 모습일지도 모른다.

내려올 때는 올라온 곳과는 또 다른 방향으로 길을 잡았다. 길은 눈이 녹기 시작하여 매우 미끄러웠다. 나는 본래의 길에 몸을 맡기고 미끄러지는 대로 즐기면서 내려왔다.

나들이길

가벼운 마음으로 다녀오고 싶었다. 설악산 울산바위에는 나들이길, 돌잔치길, 하나 되는 길 세 개의 릿지[17]가 있다. 그중에서 가장 쉬운 곳이 나들이길이라고 한다. 우리는 울산바위 정상 전망대에서 서쪽으로 이어지는 부분만 약 7~8시간에 걸쳐 등반하려고 한다.

"마지막으로 한번 더 확인합니다. 헤드랜턴, 비옷, 물 2리터 이상 다 있습니까?"

마음을 편안하게 가지려고 했으나 막상 등반대장을 맡게 되니 그렇게 되지 않았다. 출발할 때 대원들이 소지한 물품을 다시 한번 하나하나 챙기게 된다. 그것 중에서 어떤 것은 전혀 사용할 일이 없을지도 모른다. 그러나 없으면 상황에 따라서는 치명적일 수도 있다는 생각에 시나브로 엄숙해진다.

---

17) ridge : 본래 능선이란 뜻, 우리나라에서는 주로 암벽등반을 하는 암능의 뜻으로 한정해서 사용함.

설악동에서 신흥사를 거쳐 울산바위로 가는 길은 여름 날씨답지 않게 바람이 솔솔 불었다. 어제 속초 현지에 사는 S 대원에게 날씨를 물어보았을 때는 며칠째 이상고온현상으로 하루하루가 견디기 어렵다고 했다. 그런데 우리의 등반에 맞추어 날씨가 싹 변했나? 대원들은 긴장을 풀고, 이번에는 운이 따라 준다고 한마디씩 했다. 시원한 그늘에서 쉬어가며 담소도 나눈다.

릿지 등반이 시작되는 곳에 도착했다.

"지금부터 등반 편성을 합니다. S는 1번으로 선두에서 팀을 이끌고, 나는 항상 상황을 파악하기 위해서 2번 또는 3번으로 갑니다. O는 3번으로 따라오면서 필요할 때는 1번을 확보[18]합니다. Y와 H는 4번과 5번으로 적절히 서로 교대하며, 로프와 장비를 회수하며 따라옵니다."

S는 즉시 출발지점에 서고 O는 S를 확보할 자세를 취한다. 순간 갑자기 돌풍이 몰아쳤다. 몸이 휘청거린다. 막 내려가려던 S가 멈칫해서 지점을 꼭 잡는다. 잠시 후 코스에 익숙한 S는 바람이 줄어드는 틈을 이용하여, 잽싸게 다람쥐같이 클라이밍다운[19]으로 완경사 슬랩[20]을 뛰듯이 내려가 기다린다. 다시 바람이 불기 시작한다. 다음 등반자들은 쉬운 곳이지만 바람 때문에 그냥 내려가기가 위험해서 로프를 이용하여 하강하였다. 두어 피치[21]를 강풍 속에서 정신없이 하강을 더 했다. 로프를 던지면 엉뚱한 곳으로 날아가서 첫 번째 하강자가 내려갈 때는

---

18) 확보(belay) : 등반하는 사람이 추락했을 때 추락을 정지시키는 로프 조작 기술.
19) Climbing down : 비교적 짧고 완만한 경사의 암벽에서 로프에 의지하지 않고 맨몸으로 내려오는 기술.
20) slab : 요철이 적고 매끄러운 경사진 바위면.
21) pitch : 마디, 로프를 사용하여 한 번에 올라가거나 내려갈 수 있는 길이 또는 구간을 한 피치라 함.

로프 끝을 위에서 잡고 있다가 내려가는 데 따라 서서히 풀어 주어야 했다. 아래로 내려왔더니 위에 보다는 바람이 약해져서 조금 안도감이 들었다.

옆으로 한 굽이 돌았다. 깊은 크레바스가 시커먼 입을 벌리고 있었다. 폭은 5~6m 정도밖에 되지 않으나 깊이는 10m도 더 되어 보였다.

"이곳은 안쪽 벽에 있는 크랙[22]을 이용하여 건너는 데 힘들지는 않지만 실수해서 빠지면 위험합니다. 캠[23]이 하나 필요합니다."

---

22) crack : 바위 틈새를 말하는 암벽등반 용어.
23) cam : 다양한 크기의 바위 틈새에 끼워서 사용할 수 있는 암벽등반 장비의 일종으로 등반자가 추락할 때 추락 거리를 줄이기 위해서 사용한다.

갖고 있던 캠을 S에게 건넸다. S는 능숙하게 크랙에 캠을 설치하며 크레바스를 건너갔다. 후등자들은 더욱 안전하게 앞과 뒤 양쪽에서 확보를 받으며 건너게 하였다. 제일 위험한 맨 마지막은 건너가서 회수할 수 있게 로프를 다시 설치하고 내가 건너갔다.

코스는 이제 숲속 바윗길을 걸어서 올라가는 쉬운 길이다. 길이 울산바위 북사면 쪽으로 나오자 큰 바위벽 아래 텐트를 칠 수 있는 편편한 곳이 있고, 반대 방향에서 불어오는 바람을 바위벽이 막아 주어 일순 조용해졌다. 그동안 바람은 계속 쉴새 없이 불어댔고, 우리는 정신없이 진행을 계속했다. 눈앞에 넓은 초록색의 고성 신평벌과 기다란 해안선, 동해가 한눈에 보이는 기막힌 전망대이다. 가슴이 확 뚫리는 것 같다. 잠시 열량을 보충하기 위해 행동식을 들며 쉬어가기로 한다.

"여기서 바둑 한판 두면 신선이 따로 없네"

"막걸리 파티를 이곳에서 하면 어떨까요?"

간만에 여유를 갖고 이야기를 나누었다.

몇 번의 쉬운 오르막길과 내리막길. 동굴을 통과한 뒤에 거대한 천장 바위가 있는 곳에 도착했다. 천장 바위 아래에는 여러 명이 앉을 수 있는 너럭바위가 있었다. 멀리 희미한 대청봉과 화채봉을 배경으로 가까이로는 노적봉, 권금성, 천화대 일대의 암능과 봉우리가 선명하게 눈에 들어왔다. 일반등산로에서는 도저히 볼 수 없는 절경이다. 절경을 보고 그냥 갈 수 없어서 너럭바위 위에 서서 사진을 찍느라, 경치 구경하느라 대원들이 약간 우왕좌왕한다. 일말의 불안감이 스친다.

"자 빨리 모여요. 사진 얼른 찍어요."

사진 찍는 것을 재촉했다. 세찬 바람이 다시 불기 시작한다.

"자세 낮춰, 안쪽으로 들어와요"

천장 바위 안쪽에는 뚱뚱한 사람은 통과하기 어려울 듯한, 한 사람씩 기어서 겨우 통과할 수 있는 굴이 있었다.

"이 굴 이름이 해산굴입니다. 다 같이 엄마 뱃속에서 나왔으니 나이가 한 살부터 다시 시작합니다. 산 거 만큼 더 살아야 하니 모두 오래 살겠어요."

굴을 빠져나온 뒤에 농담 한마디씩 했다. 다시 하강하여 암봉과 암봉 사이의 우묵한 곳으로 내려왔다.

"다음은 오늘 코스 중에서 제일 어려운 부분입니다. 여자들이 포함된 팀의 경우에 앞에 보이는 직벽을 잡아채지 못해서 여기서 철수하는 경우가 많아요. 대장님 어떻게 할까요?"

S가 물었다.

진행하여야 할 쪽에 있는 바위는 아랫부분 몇 미터가 빤빤한 직벽이고, 그다음은 적당한 폭의 크랙이 위쪽으로 쭉 뻗어 있었다. 윗부분은 등반하는데 별문제가 없겠으나, 시작 부분을 돌파하는 것이 경험이 적은 사람들은 상당히 어렵게 보였다.

그렇지만 우리 팀은 만약을 대비해서 등강기를 모두 갖고 있다.

"S가 올라가서 로프를 고정하면 후등자들은 등강기를 사용하면 되니 어서 올라가게."

S는 직벽에 매달린 슬링을 잡고 한번 힘을 써서 올라가고, 다른 대원들은 등강기를 사용해서 어렵지 않게 올라갔다. 다만 Y는 장비를 처음 사용하여 H의 교육을 받으며 오르느라 약간 시간이 걸렸다.

위에 올라간 다음에 다시 조금 걸어 내려갔다. 하강할 준비를 하고 후미조를 기다리는데 Y와 H가 뒤따라올 때가 한참 지났는데도 오지 않았다. 어떻게 된 일인가? 무슨 일이 있나? 혼자 되돌아가 보았다. H가 로프를 정리하고 있었다.

"로프가 크랙에 끼어서 내려갔다가 다시 올라왔어요."

비로소 마음이 놓였다. 앞에서 팀을 이끄느라 암벽을 맨 먼저 선등하는 것도 힘들지만, 후미에서 로프와 장비를 회수하며 오르는 것도 상당히 수고스러운 일이다.

하강한 다음에 코스는 암벽을 크랙을 따라서 옆으로 트래버스 하다가 위로 올라가야 했다. 트래버스 하는 부분이 약간 까다로웠으나 무사히 극복했다.

"이제 어려운 곳은 다 지났습니다. 마지막 봉우리는 등반 난이도가 낮아서 오르지 않고 대부분 여기서 철수합니다. 철수할까요?"

S가 말했다.

시계를 보았더니 오후 5시 정도였다. 내려가도록 지시했다.

로프로 하강을 두 번 정도 하고 S가 몇 걸음 아래로 내려갔다.

"여기서 뛰어내릴까요? 아니면 로프를 사용할까요?" 물었다. 내가 가 봤더니 높이가 1~2m 되는 짧은 벼랑이다. 로프를 사용하기는 번거롭고, 그렇다고 뛰어내리는 것은 간단 하지만 열 명에 한두 명 정도는 발목을 다칠 수도 있을 것 같다. 순간 '마지막에 마음을 풀었다가 사고를 내서는 안 되지!' 생각이 떠올랐다.

"S 옆에 보이는 슬랩으로 올라갔다가 기어 내려갈 수 있나 가 봐요"

S가 가보더니 갈 수 있다고 한다. 조금 번거롭지만 안전한 방법으로 내려갔다.

한 번 더 가파른 짧은 사면이 있었으나 계단식으로 되어 있어 로프를 사용하지 않고 기어 내려왔다. 곧 바위 지대를 벗어나서 나무들이 자라는 산 사면에 도착했다. 암벽화를 걷기 편한 일반등산화로 바꾸어 신었다. 골짜기에 있는 희미한 길을 따라 내려오다가 울산바위로 오르는 일반등산로와 합쳐졌다.

돌아오는 길에 H에게 물었다.

"오늘 다녀온 길이 나들이길인데 나들이 다녀온 기분이어요?"

"선배님 온종일 강풍이 불어서 긴장했습니다. 릿지 등반할 때는 아무리 쉽다고 하는 길이라도 끝날 때까지 긴장을 풀어 본 적이 없어요."

"그래요. 나도 끝나니 이제야 마음이 편하네요."

무사히 등반을 마쳤다. 바람이 몹시 불었지만, 덕분에 전혀 더운 줄 몰랐고, 마지막까지 긴장을 풀지 않았다. 대원들은 모두 맡은 역할에 따라 일사불란하게 움직여 주었다. 흡족한 마음으로 야영지로 돌아왔다.

한빛 바위

오랜만에 한가한 주말이다. 언제부터인가 나에게 주말은 여러 가지 산악행사로 평일보다도 바쁘다. 그런데 이번 주말은 요행히 아무런 일정도 잡혀 있지 않다. 내일은 어떻게 보낼까? 화창한 봄날을 맞이하여 소양댐으로 벚꽃 구경을 하러 갈까? 아니면 가족과 함께 오붓하게 맛집 순례를 하고 오후에는 그동안 밀린 잠이나 실컷 자 볼까?

"찌르릉찌르릉" 단꿈에 젖어 있는데 갑자기 전화기가 울린다.

"회장님 B이사입니다. 저희 W산악회 S팀이 내일 한빛 바위 가려고 하는데 부탁 좀 드리겠습니다. 저희 대장님만 빼고 모두 암벽등반 초보자들인데 한빛 바위 안내와 기초적인 암벽등반 교육 부탁드립니다."

순간 산통(算筒)을 깨는 기분이다. 어떻게 한다? 마음은 쉬고 싶은데 그렇다고 매정하게 거절하기도 어렵다. W산악회가 예전에는 일반 산행만 하였었는데, 작년에 스포츠클라이밍팀을 만들더니, 최근에는 한 걸음 더 나아가서 자연암벽 등반도 시도해보려고 한다는 이야기를 들었다. 그리고 B이사는 내가 맡은 춘천시 산악연맹의 일에도 충실한 사람이다. 도와주지 않을 수 없다.

용화산 한빛 바위는 내가 20여 년 전 삼 년 정도 바위에 매달려 정열을 바쳤던 곳이다. 그 결과 18개의 암벽 코스가 만들어졌고, 전국의 웬만한 암벽등반 안내 책자에는 이곳이 거의 다 소개되어 있다. 일반인들은 잘 모르지만 암벽등반 하는 사람들 사이에는 알려진 곳이다.

일행을 안내하기 위해 앞장서서 산길을 올라간다. 한쪽 다리가 당기고 아프다. 최근에 허리가 안 좋아져서 생긴 증상이다. 몸이 불편한데도 굳이 이렇게 산에 가야 하나? 회의(懷疑)가 일어난다. 그러나 내색할 수는 없다. 10여 분 이상 걸으니 그제야 다리가 풀려서 조금 견딜만하다.

바위 앞에 도착했다. B이사가 나를 소개한다.

"오늘 여러분에게 암벽등반에 대하여 가르쳐 주실 회장님은 대한산악연맹 공인 등산강사이시며, 한빛 바위 개척자이십니다. 여러분들을 위해 오늘 아주 귀중한 시간을 내셨습니다."

참가한 사람들의 얼굴을 둘러보았다. 다들 진지한 눈동자로 나를 쳐다보고 있다. 저 표정에 답하기 위해서 무언가 하지 않을 수 없다는 생각이 들었다.

▲ 용화산 한빛바위 전경

"지금부터 교육을 시작하겠습니다. 오늘 교육목표는 여러분들이 다음에 이곳에 왔을 때 다른 팀의 도움을 받지 않고 여러분들 스스로 다만 몇 개 코스라도 등반할 수 있는 능력을 갖추도록 하는 것으로 하겠습니다. 우선 맨 왼쪽에 있는 제일 쉬운 한 살 코스에서 등반시스템을 익히도록 하겠습니다. 제가 먼저 등반 시범을 보일 터이니 잘 보았다가 그대로 따라 해주기 바랍니다."

B이사에게 확보[24]를 보게 하고 등반한 다음에 고정 로프를 설치하고 내려왔다. 참가자 중에서 자원하는 한 사람은 선등자로, 다른 한 명은 확보자로 지명했다. 확보자에게는 선등자 확보 방법을 알려주고,

---

24) 확보(belay) : 등반자가 등반하다가 추락할 경우에 정지시키는 기술.

선등자에게는 내가 한 것과 똑같은 방법으로 로프를 끌고 등반을 하도록 했다. 나는 등강기와 고정 로프를 이용하여 등반자를 따라 올라가면서 중간 확보물 설치 방법을 하나하나 알려줬다. 등반이 완료된 다음에는 후등자 확보 방법과 하강기를 이용한 하강 방법을 가르쳐주었다. S 팀원들은 그동안 스포츠클라이밍은 익숙했지만 자연암벽에서의 선등은 처음이라서 모두 흥미를 갖고, 내가 하는 이야기 한마디도 놓치지 않고, 주의 깊게 듣는 태도가 역력했다.

▲ 용화산 한빛 바위에서의 기초암벽교육 모습

"다음은 두 살 코스에서 슬랩등반의 기본자세를 연습하겠습니다. 여러분들 앞에 있는 이처럼 경사진 바위를 슬랩(slab)이라고 합니다. 몇 가지 슬랩 등반 기본자세를 알려드리겠습니다. 첫째는 3점지지입니다.

두 발과 두 손 중에서 3개는 바위 면에 붙어 있고 한 개만 움직여서 이동합니다. 둘째는 밸런스입니다. 상체(上體)를 바위 면에서 떼서 몸을 수직으로 세워야 하겠습니다. 그리고 손은 이처럼 모아 잡고, 발은 어깨 폭, 11자 걸음으로 올라갑니다."

"그러면 팔을 이렇게 뻗어서 바위를 버티는 식으로 하나요?"

"예 좋습니다. 그렇게 합니다. 만약 추락해도 그 자세 그대로 유지하면서 미끄러집니다."

한 명은 선등으로 나머지 인원은 후등으로 모두 두 살 코스를 등반했다. 처음에는 어설펐지만 한두 명을 제외하고는 곧 익숙해졌다. 오전 교육을 마치고 점심을 먹기 위해 바위 아래에 모였다. 각자 가져온 먹거리를 꺼내자 풍성한 식탁이 되었다. 따뜻한 봄볕에 배가 불러오자 몸이 나른해지고 졸음이 오기 시작했다. 모든 것이 귀찮아지려고 한다. 쉬었다가 움직이려니 다리가 다시 아프기 시작한다. 한잠 자고 싶다. 본능은 자꾸 쉬라고 한다. 그런데 그럴 수가 없다.

"오후 교육을 시작하겠습니다. 여러분이 등반할 코스는 추억길입니다. 크랙 등반의 가장 기본적인 기술인 풋잼(foot jam)기술을 연습해 보겠습니다. 우선 보이는 크랙(crack) 아랫부분은 이처럼 발을 돌려서 옆으로 끼워서 올라갑니다. 그리고 윗부분 좁은 틈은 발 앞 끝을 끼워서 올라갑니다."

▲ 용화산 한빛바위에서의 기초암벽교육 모습

　내가 먼저 로프를 끌고 올라가면서 시범을 보였다. 다시 하강하여 다른 로프를 가지고 선등하는 선등자의 등반요령을 하나하나 알려주면서 고정로프를 따라 올라갔다. 참가자들 모두 무난히 올라왔는데, 마지막 후등자가 시간이 지났는데도 보이지 않았다. 무슨 일인가? 상황을 파악하기 위해 내려와 보았더니 아무리 해도 발이 크랙에 끼워지지 않는다고 한다. 요령을 모르고 여러 번 시도하느라 체력도 많이 소모된 것 같다. 자신감을 잃고 포기하려고 하는 것 같아 임시변통으로 다른 방법으로 오르게 하였다. 정확한 방법도 필요하지만 어떻게든 코스를 등반하여 자신감을 느끼게 하는 것이 중요하다고 생각되었기 때문이다. 코스를 완료한 다음에 전망대길로 내려왔다. 이 사람들로서는 처음으로 60m 높이의 암벽을 로프를 이용하여 하강한 것이다.

오늘 실습한 내용 중에서 핵심적인 사항을 다시 정리하고, S팀 능력으로 다음에 등반 가능한 곳을 알려주고 교육을 마쳤다.

"감사합니다. 회장님은 몇 가지 안 알려 주셨다고 생각하실지 모르지만 저희는 처음 하는 자연암벽 등반입니다. 많은 것을 배웠습니다."

참가자들 모두 흡족한 표정이다. 이제 S팀은 한빛 바위에 오면 스스로 코스를 등반할 수 있을 것이다. 마음이 개운해졌다. 몸이 불편한 것도 잠시 잊힌다. 아마도 마약인가 보다.

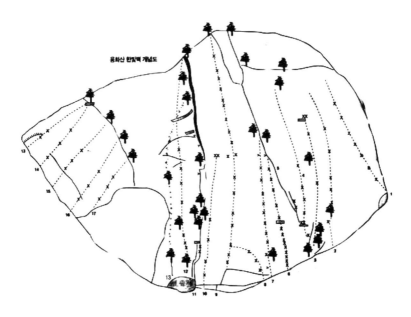

▲ 용화산 한빛벽 개념도

No	코스명	난이도	등반길이 (m)	소요장비 (퀵도르)	등반형태
1	옛동산	5.9	37	(7)	슬랩
2	재기	5.10a	49	(7)	슬랩,일부크랙
3	전망대	5.9	54	(7)프랜드3,4호	크랙,일부슬랩
4	젊음	5.7	55	(6)	슬랩
5	잡초길	5.8	52	(7)프랜드2,3호	크랙
6	비각	A0/5.10b	40	레더	페이스,슬랩
7	정통	5.10b	42	(10)	슬랩,일부크랙
8	걸어서 하늘까지 B	5.9	18	(4)	크랙
9	걸어서 하늘까지 A	5.10b	66	(10)	슬랩,일부크랙
10	새출발	5.10a	36	(5)	크랙,슬랩
11	한마음	5.8	64	(7)프랜드2,3호	크랙,슬랩
12	싱그러운 서른	5.10a	54	(7)	슬랩
13	추억	5.8	52	(10)	크랙, 일부 슬랩
14	한살	5.7	22	(3),슬링약간	슬랩
15	두살	5.7	22	(3)	슬랩
16	세살	5.8	22	(3)	슬랩
17	네살	5.9	23	(3)	슬랩
18	다섯살	5.10a	16	(3)	슬랩

그리움길

파란 가을 하늘. 수직으로 뻗은 암벽을 오른다. 지난 2년 동안 이곳을 오르내리길 수십 차례. 조그만 홀드[25] 하나하나 눈에 훤하다. 막힘이 없다. 우리 등반 파티는 순식간에 코스의 끝인 암벽의 정상에 닿았다. 곧 뒤를 이어 등반한 후발조(後發組)가 도착하고, 일부 회원들은 보행 코스로 암벽을 돌아올라 정상에서 합류했다. 다 함께 새로운 바윗길의 탄생을 기뻐해 주었다.

그리움길! 강촌 유선대에 새로 낸 바윗길의 이름이다. 이 년 전 3월 어느 날. 유선대 암벽을 처다보면서 이 길의 암벽 등반코스로서의 가능성을 처음으로 헤아려 보았다. '저 수직 절벽의 저곳을 아래에서 위로 사람이 과연 암벽 등반해서 올라갈 수 있을까?' 그 후 이곳에 올 때면 멀리서 바라다보이는 원경(遠景)을 보면서 생각해 보고, 암벽

---

25) 바위 위에 오목하거나 볼록하게 튀어나온 지점으로 손잡이나 발디딤으로 사용할 수 있는 바위의 요철(凹凸)

바로 아래에 도착하면 바위를 찬찬히 쳐다보면서 또 한 번 생각해 보았다. 유선대 다녀온 날은 집에 와서도 암벽을 촬영한 사진을 이리저리 확대해 살펴보면서 등반코스를 궁리했다. 봄이 다 가도록 몇 차례 이곳을 더 찾은 다음에 비로소 새로운 바윗길이 가능하다는 확신이 섰다.

▲ 강촌 유선대 〈그리움길〉 시등(2010.09.26)

장마철이 끝나고 7월 초에 드디어 코스 개척작업을 시작했다. 볼트[26] 구멍을 파기 위해 망치질을 몇 번 하면 시커먼 산모기가 손등에 내려앉았다. 재빨리 모기를 쫓고, 망치를 몇 번 더 두드리고, 또 모기를 쫓고, 다시 망치를 두드리고, 모기의 등쌀에 겨우 볼트 하나를 설치하고 첫 작업을 마쳤다.

뜨거운 8월 바위에 매달려 오르내리며 작업을 했다. 부드러운 화강암 같으면 20여 분이면 볼트 구멍 하나를 팔 수 있는데 이곳 단단한 차돌 바위에 구멍을 하나 뚫으려면 두세 시간 걸렸다. 이마에는 연신 구슬땀이 흘러내렸다. '도대체 이 더위에 왜 이 작업을 하고 있나?' 마음속에 회의가 일어나면 그것을 잊기 위해 숫자를 세었다. '하나둘셋 하나. 하나둘셋 둘. 하나둘셋 셋……' 적게는 칠팔백 번 많게는 일천 번 가까이 망치질을 해야 볼트 한 개를 설치할 수 있었다.

그해 여름이 다 가고, 가을이 되고, 겨울이 되어 찬 바람이 불 때까지 작업을 계속했다. 나는 왜 이 일을 하는가? 이것은 돈이 되는 일도, 이름을 날리는 일도 아니다. 그러나 하고 싶다. 완성하고 싶다. 사람이란 꼭 유용(有用)하다고 생각되는 일만 하는 것이 아닌 것 같다. 때론 다른 사람들에게는 무용(無用)하게 보이는 것이라도 혼자 빠져 몰입할 때가 있는가 보다.

---

26) 암벽등반할 때 추락할 경우에 크게 부상을 당하는 것을 예방하기 위하여 반들반들한 바위면에 구멍을 뚫고 박는 인공적인 확보물. 설치 시간이 많이 소요되나 안전성이 높다.

　해가 바뀌고 봄이 되었다. 3월 어느 날 나는 유선대 바위에 있었다. 희미한 안갯속에 일반등산로로 사람들이 검봉산으로 가는 것이 보였다. 그들은 시산제를 지내려고 길옆에 제상을 차리더니, 내가 있는 바위 쪽을 향해 절을 하였다. 아마도 연하게 쫙 깔린 안개 때문에 내가 있는 쪽에서는 그들이 보이지만 그들 쪽에서는 커다란 바위 한구석 있는 내가 잘 보이지 않는 듯하다. 나는 잠시 동작을 멈추고 그들을 바라보았다. 안개 사이로 그들을 내려다보는 기분은 마치 하늘에서 아래 인간 세상을 내려다보는 듯, 그들과 나와는 직선거리로는 지척이지만 별세계에 있는 느낌이 들었다. 그들이 떠난 다음에 다시 바위를 오르내렸다.

봄 동안 몇 번 유선대를 더 찾았다. 노란 생강나무꽃이 활짝 핀 날 오후. 일을 마치고 바위 위에서 햇볕을 쬐며 모처럼 쉬는 시간을 가졌다. 화창한 날씨에 작업의 피로로 몸이 나른해졌다. 잠시 희뿌연 먼 남쪽 하늘을 바라보다가 회상이 떠올랐다. 지난날 함께 등반했던 사람들의 얼굴 모습. 어떤 이는 지금도 얼굴을 마주하지만, 짧은 기간 스쳐 지나간 이들이 더 많았다. 그들은 이제는 나와는 달리 이런 삶이 아닌 평범한 생활인의 삶을 살 것이다. 봄은 그리움의 계절인가 보다. 그들 중에 몇몇은 지금은 어떻게 지내는지 궁금하고, 보고 싶은 생각이 불현듯 났다.

▲ 강촌 유선대 암벽 전경

다시 여름이 되었다. 장마 동안에 풀이 무성하게 자랐다. 길을 덮은 풀을 헤치고 유선대에 도착했다. 볼트 몇 개를 더 설치하기 위해 망치질을 하는데 또다시 모기와의 전쟁이다. 무더운 날씨로 금세 지쳐갔다. 그러나 이제는 얼마 남지 않았다. 시작한 일은 끝을 내고 싶다.

9월이 되었다. 얼마 전에 태풍이 지나갈 때 모기를 휩쓸고 갔나 보다. 조금 선선해져서 일하기가 편해졌다. 마무리 보강 작업을 하고, 정확한 등반 개념도를 그리기 위해 바위를 오르내리며 코스의 길이를 줄자로 재는 측정 작업도 끝냈다. 얼마 후에 있을 여러 사람과의 시등을 앞두고 코스를 따라 올라가며 선등하는 형식으로 마지막으로 등반 연습을 해 보았다. 얼핏 보기에는 빤빤한 직벽으로 보이지만 하도 많이 오르내린 곳이라 어렵잖게 오를 수 있었다. 드디어 새로운 바윗길이 탄생했다. 오랫동안 품고 있던 과제가 완료되어 가슴이 후련했다. 돌아오는 발걸음이 가벼웠다.

제4부

자연과 함께하는 생할

능이버섯

유달리 무덥던 여름이 지난 지 달포가 넘었다. 지난 며칠 동안 비가 왔으므로 산에는 버섯들이 많이 자라고 있을 것으로 기대되었다. 나는 이른 새벽 깊은 절벽 사이로 곧게 난 길을 걸어 내려갔다. 옅은 안개가 드리운 골짜기에는 서늘한 기운이 감돌았다. 나 이외에는 아무도 없는 고요한 공간은 적막 그 자체였다. 시끄러운 속세를 떠나 전혀 다른 세상에 온 느낌이었다.

계곡 길을 한 굽이를 돌았다. 그 순간 햇살이 옅은 안개 사이로 비추었다. 갑자기 두 눈이 환해지는 것 같더니 주변 경관이 보이기 시작했다. 정신이 번쩍 들었다. 눈을 들어 한쪽 절벽을 쳐다보았다. 까마득한 그곳에는 하얀 바위들 틈새에 구불구불 자라고 있는 푸른 소나무들이 보였다. 안개의 흐름에 따라 흐릿하게 보였다가, 안보였다가, 확실하게 보였다가 하기를 반복하는 모습이 환상적이었다. 마음 같아서는 저곳에 올라서 아래를 내려다보고 싶었다. 순간 과연 저곳에 올랐던 사람이 있을까? 하는 생각이 들었다.

얼마 걷지 않아서 골짜기는 맑디맑은 물이 흐르는 더 넓은 계곡과 합류하였다. 좁은 길을 걷다가 시야가 트이는 넓은 장소에 오니 마음도 덩달아 확 트이는 것 같았다. 오늘 내가 올라가야 할 봉우리를 쳐다보았다. 이제 안개는 완전히 걷혔다. 푸른 숲 위로 가파른 절벽이 옆으로 띠를 두르고, 그 위에 파란 하늘 아래 바위 봉우리가 몇 개 우뚝 솟아 있었다. 얼핏 보아서는 올라갈 수 없을 것 같았다.

오를 가능성이 있는 곳을 찾으면서 방법을 생각해 보았다. 우선 앞에 보이는 계곡물을 건너, 저만치 보이는 숲이 우거진 능선을 따라올라 절벽 밑까지 도달한다. 그다음에는 왼쪽으로 이동하여 띠를 이룬 절벽 사이에 보이는 급경사 암벽 계곡으로 올라간다. 능선 숲속 길을 따라서 절벽 아래까지는 그런대로 갈 수 있겠지만 급경사 암벽 골짜기는 통과할 수 있을지 미지수이다. 이곳은 사람들이 왕래하지 않는 오지이다. 그러나 산쟁이는 손때 묻지 않은 바로 그 이유 때문에 이곳에 더 매력을 느꼈다.

비가 온 지 얼마 되지 않아 계곡물은 조금 불어 있었다. 그냥 건널수 없었다. 돌을 몇 개 던져 넣어 징검다리를 만들었다. 스틱으로 개울바닥을 디뎌 균형을 잡고, 조심스레 돌다리를 밟으며 건넜다. 개울을 건너자 바로 덩굴이 무성한 곳이었다. 손으로는 넝쿨 가지를 하나하나 헤치면서, 발은 역시 아래에 깔려 있는 줄기 사이를 조심스레 한 걸음씩 살펴 디뎠다. 잎이 우거져서 먼 곳은 보이지 않고 얼굴 앞 주변만 보였다. 올라가는 방향만 확실히 정하고 그쪽을 향하여 천천히, 그러나 쉬지 않고 발을 내디뎠다. 능선 길은 아름드리 신갈나무들 사이를 지나서 서서히 절벽을 향하여 올라갔다. 흙이 부드러운 곳엔 멧돼지가 땅을 파서 뒤집어 놓은 흔적이 가끔 보였다. 발밑에 다래 열매가 떨어진 것이 눈에 띄었다. 얼른 주워 입에 물었다. 달착지근한 잘 익은 상태이다. 얼마 동안 열매를 주워 먹으며 오르는 재미에 전혀 힘든 줄 몰랐다. 오랜만에 자연의 맛을 포식했다. 이곳은 사람들이 다닌 흔적 같은 것은 애당초 없는 곳이다. 완전히 자연 그대로인 상태인 곳이다. 한 걸음 걸을 때마다 새로운 모습을 기대하는 마음에 가슴이 두근거렸다.

절벽 사이에 있는 급경사 바위 골짜기 입구에 도착했다. 자잘한 돌이 쫙 깔린 돌 사태 지대가 나타났다. 쌓여 있는 것을 무너뜨리지 않기 위해 조심하지만, 간혹 주의하지 않으면 작은 돌들이 와르르 무너져 내렸다. 어느 순간 큰 바윗돌들이 경사면에 겹겹이 포개진 상태가 계속되었다. 단순히 걷는 것이 아니라 바윗돌을 두 손으로 잡고 기어오르기를 반복하였다.

경사가 점점 심해지고 골짜기가 좁아지더니, 눈앞에 20미터쯤 되는 절벽이 막아섰다. 비록 크지는 않지만 빤빤하게 보였다. 지금은 바짝 말라 있으나 비가 올 때는 계곡물이 모여 폭포수가 쏟아지는 곳 같다. 어떻게 올라갈 것인가? 아니면 되돌아갈 것인가? 이 좁은 골짜기 안에 절벽을 우회해서 가는 길은 전혀 없다. 잠시 살펴보며 올라갈 가능성을 생각해 보았다. 절벽 왼쪽 면에 골이 위쪽으로 파여 있고, 중간에 나무가 몇 그루 자라고 있는 것이 보였다. 바윗골을 따라 나무 있는 곳까지 기어오른다. 다음에 더는 올라갈 수 없으면 로프로 하강하여 탈출하기로 하고 일단 시도해본다. 양손으로 수직의 바위틈을 벌리고, 발을 교대로 끼워 넣는 전형적인 크랙 등반 동작을 반복하였다. 다행히 바위틈 넓이가 발을 끼워 넣기에 적당하여 안정감이 있었다. 그래! 사람들이 미처 오를 생각을 못 하는 이런 곳이어야 무언가 있을 거야! 생각하였다.

첫 마디에 오른 후에 몸을 나무에 묶고 위를 쳐다보았다. 빤빤한 경사면을 4~5m 올라가야 하였다. 그다음에는 아래에서는 안 보이던 몸이 다 들어가는 넓은 바위틈이 절벽 위까지 연결되어 있었다. 비로소 올라갈 수 있다는 확신에 마음이 놓였다. 추락에 대비하여 로프를 끌고 조심해서 경사진 바위를 올랐다. 판판한 경사진 바위 면을 오르는 슬랩 등반은 쉬운 곳이라도 항상 긴장되었다. 넓은 바위틈 안은 경사가 완만해지면서 계단식으로 되어 있어 올라가기가 좀 수월했다. 절벽을 오른 다음에 아래를 내려다보았다. 비로소 고도감이 약간 느껴졌다. 이곳은 사람뿐만 아니라 짐승이 다닌 흔적도 전혀 없는 곳이다. 이곳은 미지의 세계인 것이다.

마침내 참나무가 듬성듬성 있는 능선에 도착했다. 그늘이 지고 바람이 불어 시원했다. 며칠 전에 비가 와서인지 오늘따라 이름 모르는 버섯들이 많이 눈에 띄었다. 야생 버섯의 70% 이상은 독버섯이라는 글

▲ 능이버섯

을 본 적이 있다. 그래서 평소에 확실히 모르는 것은 눈길도 주지 않는
다. 정상을 몇 발자국 앞둔 지점이다. 갑자기 어디서 많이 본 듯한, 낯
이 익은 커다란 버섯이 눈에 띄었다. 갈색 바탕 넓은 면에 검은색의 솔
방울 비늘 같은 것이 둥그렇게 쭉 둘러 있는 모양이다. 결코 예쁘다고
할 수 없는 못생긴 모습이다. 찬찬히 다시 살펴보았다. 이것이 무슨 버
섯이더라? 순간 아! 이것은 능이다! 눈이 확 트였다. 그 귀한 능이가 내
눈에 띄다니. 1능이, 2표고, 3송이라고 하였던가? 허겁지겁 배낭을 열
고 능이를 주워 담았다. 금방 배낭이 가득 찼다. 마지막 작은 것 하나
는 몽땅 채취하기가 미안해서 남겨 놓았다.

서너 발자국 걸어서 정상에 올랐다. 단풍이 들기 직전의 전형적인 가을 날씨였다. 파란 하늘 아래 산들이 멀리 펼쳐진 광경이 한눈에 들어왔다. 나는 아침에 올려다보았던 까마득한 절벽 위에 서 있었다. 하얀 바위들 틈새에서 구불구불 자라고 있는 푸른 소나무들이 곁에 있었다. 오늘 하루 산행을 회상해 보았다. 나는 오늘 또 다른 새로운 세상을 다녀온 것이다. 설레는 마음에 돌아오는 발걸음이 가벼웠다. 아무도 없는 능선 길을 두어 시간 더 걸어서 삼거리 고개에 도착했다. 길가에서 동행을 기다리며 쉬고 있던 어떤 길손이 나에게 물었다.

"버섯 많이 땄나요?"
"예 이 만큼 땄어요."
"우리도 능이버섯 따러 왔는데 우리는 하나도 못 땄어요."
"많이 따셨네요. 어디서 따셨지요?"
"수리봉 부근에서 땄어요."

사실은 내가 능이버섯 딴 장소는 수리봉에서도 한 시간이 더 걸리는 장소이다. 어떤 산꾼도 다른 사람에게 정확히 보물이 있는 지점을 가르쳐 주지는 않는다. 속으로 '많은 사람이 다니는 평범한 산길 부근에서 무슨 능이버섯을 따려고 하나?' 생각하였다. '이 세상에서 진짜 노하우는 아무도 정확히 가르쳐 주지 않는다. 정말 성공하고 싶으면 스스로 미지의 것을 개척하여야 하는 것이 아닐까?' 하는 생각도 들었다.

별

별이 보고 싶었다. 겨울 산행을 준비하면서 나는 오랫동안 잊고 지내던 것을 보고 싶은 욕망이 생겼다. 요즈음 도시에서는 불빛 때문에 어렵지만 내가 어렸을 때는 시골에서 밤하늘의 별을 쉽게 볼 수 있었다. 어린 시절 여름에 저녁밥을 먹으면 집 마당에 가족과 동네 분들이 모여 앉았다. 이런 얘기 저런 얘기를 하다 보면 자연스럽게 밤하늘의 별에 대하여 이야기하기도 했다. 누군가가 "저쪽에 보이는 일곱 개의 별이 북두칠성이다." "저기 하늘 저쪽에서 이쪽까지 뿌연 것이 은하수야."라고 알려 주었다. 그리고 해마다 칠월 칠석이면 견우와 직녀가 까마귀들이 만들어 주는 다리를 건너서 만난다는 어머니의 이야기도 아련하게 생각나기도 했다.

나는 아무도 없는 첩첩산중의 고개 위에 홀로 야영하고 있었다. 전날 눈 쌓인 하얀 능선을 온종일 걸어서 이곳에 왔다. 이번 겨울 들어 한파가 몇 번 오르락내리락하다가 오늘이 가장 추운 날이라고 했다.

추운 겨울은 하늘이 깨끗하여 별이 더 총총하게 잘 보인다고 한다. 나는 어제 오후에 도착해서 한밤중에 별을 보기 위하여 일찌감치 잠자리에 들었었다. 텐트 문을 살며시 열고 밤하늘을 바라다보았다. 까만 밤하늘에 반짝이는 보석들이 가득 찬 모습이 한눈에 들어왔다. 차가운 공기가 얼굴을 스쳤다. 일순간에 정신이 상쾌해졌다.

여러 별 중에서 겨울철의 대표적인 별자리라고 하는 오리온이 역시 눈에 제일 먼저 들어왔다. 오리온은 그리스 신화에 의하면 반인반신(半人半神)의 사냥꾼으로 달의 신 아르테미스를 사랑하게 된다. 그러나 여신의 오빠인 아폴론은 신이 아닌 불완전한 존재가 신과 사랑하는 것에 대하여 탐탁지 않게 생각했다. 아폴론은 어느 날 계략을 꾸며 아르테미스로 하여금 멀리 떨어진 파도 위에 떠다니는 검은 물체를 쏘아 맞히어 보라고 하였다. 그것이 무엇인지 줄 몰랐던 여신은 활을 쏘아 죽인 후에야 그것이 오리온인 것을 깨닫고 슬퍼하였다. 이 모습을 안쓰럽게 생각한 제우스가 시신을 하늘로 옮겨 성좌로 만들어 주었다. 짧은 이야기 속에서도 연인들의 사랑, 오빠의 누이 생각하는 마음, 그리고 권모술수 등 인간성의 많은 것을 보여주고 있다.

오리온자리의 별들을 살펴보기 시작하였다. 역시 1등성인 붉은 빛의 베텔게우스가 제일 잘 보였다. 이 별은 실제 크기가 태양의 950배 이상인 적색 거성이라고 한다. 태양은 지구의 109배 크기이므로, 이 별은 대략 지구보다 일만 배 이상이나 되는 상상 하기 힘든 크기이다. 지구에서의 거리는 640광년이다. 1광년은 빛이 일 년 동안에 가는 거리를 말한다. 조선 시대도 아닌 고려 시대 때 출발한 빛을 지금 보고 있는 것이다. 생각하다 보면 우주의 광대함에 새삼 경외감을 느끼게 된다.

밤하늘에 있는 여러 별을 둘러보기 시작하였다. 이 별빛은 몇 년 전에 떠난 것이고, 저 별빛은 수천만 년 전에 떠난 것이다. 밤하늘을 본다는 것은 서로 다른 수많은 과거를 동시에 보는 것이다. 훗날 지금보다 성능이 월등한 망원경이 개발된다면, 그 먼 곳의 옛날의 모습들을 바로 눈앞에서 동시에 볼 수 있을지도 모른다.

별도 수명이 있어서 이 별은 바라보고 있는 이 순간에 이미 폭발했거나 수천 년 내에 틀림없이 폭발할 것이라는 이야기도 있다. 별이 폭발하면 그것을 재료로 해서 또다시 새로운 별이 탄생한다고 한다. 우리들이 살고 있는 지구도, 이 땅 위에 사는 우리들의 몸도 아득한 옛날에 있었던 어떤 별의 잔해에서 새로 만들어진 것이라고 한다. 자신을 불태운 잿더미 속에서 다시 태어난다는 불사조 신화가 연상되었다. "저 별은 나의 별 저 별은 너의 별. 별빛에 물 들은 밤같이 까만 눈동자" 한 때 유행하던 노랫가락처럼 어쩌면 우리는 모두 소중한 별들의 자손일지 모른다.

별들은 옛날에는 신화와 전설로써 우리에게 꿈과 낭만을 주었다. 지금은 과학의 세계로 들어왔다. 그러나 전보다 신비감이 전혀 덜 해지지 않았다. 광막한 공간과 영겁(永劫)의 시간 앞에 내가 놓여 있다는 것이 신비로운 생각이 들었다. 잠시나마 복잡한 세상사에서 초연하게 하였다.

"마음이 복잡한 이여! 밤하늘의 별들을 봐라!"

조팝나무 꽃필 무렵의 회상

봄이다. 뒷산의 생강나무가 노란 꽃망울을 터뜨린 지 한 달쯤 지났다. 요즈음 아침 산책길에는 연분홍 진달래의 화사한 모습이 눈에 띤다. 어제 호숫가 도로변을 걷다가 조팝나무꽃이 하얗게 언덕을 뒤덮은 것을 보았다. 나는 이제 가야 한다. 그 산에 가서 새로 나온 새싹들을 만나 봐야 한다.

"올해도 과연 고비가 그곳에 그대로 자생하고 있을까?"

설레는 마음으로 나만 알고 있는 깊은 산 속으로 잰걸음을 옮겼다. 길은 작은 골짜기로 접어들었다. 때로는 덩굴을 헤치면서 돌무더기를 기어오르기도 했다. 계곡이 산 사면으로 바뀌기 시작하는 곳에 이르렀다. 습기가 적당히 있는 곳이다. 땅속에서 새순이 막 솟아오른 것이 눈에 띄었다. 붉은 빛줄기 끝이 하얀 솜털을 뒤집어쓰고 있었다. 작년 봄에 보고 일 년 만에 보았다. 반가웠다. 솜털에 싸인 돌돌 말린 고비의 모양에서, 갓난아이가 엄마 뱃속에 웅크리고 있는 모습이 연상되었다.

이것이 아마도 이 세상에 태어나기 전 우리의 가장 원초적인 모습이 아닐까 싶다.

골짜기를 벗어나 완만한 산 사면으로 나왔다. 햇볕이 따사롭게 비추고 있었다. 이제 막 초록색 잎이 서너 개 나온 참취가 돋아 있었다. 참취는 가장 흔하여 누구나 어느 산에 가든지 쉽게 한 끼 반찬을 장만할 수 있다. 예전부터 가장 많이 채취하던 산나물이다. 한 잎을 따서 얼른 입으로 가져갔다. 금세 쌉싸래한 맛과 향이 입안에 가득해졌다. 요즈음 도회 생활에서 일상적으로 맛보는 맵고, 달고, 진한 그런 맛이 아닌, 오랫동안 잊고 지내던 자연 그대로의 맛이다.

산기슭에 앉아 쉬면서 주위를 둘러보았다. 온 세상이 연한 연둣빛이다. 어린 시절 그림 그리라고 하면 이 색깔만 사용하여 산과 나무를 그리던 생각이 났다. 눈앞에 커다란 연초록 바탕 도화지에 점점이 산벚꽃이 하얀 무늬를 그리고 있는 풍경이 펼쳐져 있었다. 봄부터 여름까지 기간은 몇 달 되지만 신록의 이 빛깔은 불과 며칠이다. 인생은 몇십 년 되지만 천진난만한 시절은 불과 몇 년 되지 않는다. 멀리 아스라한 곳을 쳐다보면서 어렴풋한 옛 기억을 생각해 본다.

아주 어렸을 때 나는 산촌에 살았다. 이른 봄에 눈이 녹으면 어머니가 가장 먼저 캐던 나물은 나생이라고 불리던 냉이였다. 어떤 때는 다른 반찬 없이 매끼 이것만 먹어서 아주 싫어했다. 그러나 요즈음은 입맛이 달라졌는지 집에서 어쩌다가 냉이된장국을 끓이면 나 혼자만 즐겨 먹을 때가 종종 있다. 조금 더 지나서 파란 새순이 막 나오기 시작하면 한동안 원추리 순으로 죽을 쑤어 계속 먹었다. 냉이와는 반대로

2011/05/07

▲ 조팝나무

지금 원추리 순을 맛보면 별맛이 없는데 그때는 나는 매일 먹어도 질리지 않고 좋아했었다. 그때 열두어 살쯤 됐음 직한 누나가 나물 뜯으러 갈 때는 가끔 따라다녔다. 개울가를 지날 땐 막 물이 오르는 버들개지로 피리를 만들어 불어 보라고 주었었다. 산에 들어서는 "이것은 잔대란다. 한번 씹어 보렴." 건네주는 달착지근하고 향긋한 잔대 순 맛은 아직도 입안에서 맴도는 것 같다. 그때 봄이 되면 나는 매일 들과 산으로 쏘다녔다. 세상 걱정 같은 것은 전혀 몰랐다.

산에서 내려오는 길에 고사리밭에 들렀다. 일 년에 한 번 지내는 제사에 나물만은 외국산을 사용하지 않고 내가 직접 마련한 토종을 올리고 싶었기 때문이다. 어릴 때는 아버지는 무조건 무섭고 엄한 분이라고 생각했다. 내가 자애로운 부정을 느낀 것은 세월이 한참 지나 어른이 되어 서로 이야기할 수 있게 된 다음이다. 어린 시절 산골짜기 시냇가로 가족 소풍을 하러 갔었다. 그때 아버지와 함께 가재를 잡던 추억이 있다. 고사리를 꺾을 때는 그때를 생각하게 된다.

사람들은 누구나 아주 어릴 적에는 세상에 대한 근심 걱정을 모르고, 순수했던 시절이 있다. 매년 하얀 조팝나무꽃이 활짝 피면 나는 그 산으로 간다. 사람들은 내가 산나물을 좋아해서 가는 것으로만 생각한다. 내 마음은 꼭 그렇기만 한 것은 아니다. 복잡한 속세를 떠나서 그리운 옛 기억을 회상해 보고, 아직 물들지 않은 나의 순수한 시절에 잠시나마 빠져 보고 싶기 때문이다.

참취 예찬禮讚

부드러운 봄바람이 불면 내 마음은 설렌다. 산들이 연한 초록색으로 물들기 시작할 때쯤이면, 문득 코끝을 스치는 봄나물의 풋풋한 냄새를 맡고 싶다. 산에서 자라는 여러 나물 중에서도 나는 전혀 귀(貴)하지 않은, 누구의 눈에도 쉽게 띄는 참취에 마음이 끌린다. 어린 시절부터 가장 많이 접했던 산나물이어서 그럴까? 해마다 봄이 오면 참취의 강렬한 향에 취하고 싶어진다.

참취는 원산지가 우리나라인 토종 식물이다. 옛날 옛적부터 이 땅에 살아왔다. 사람들은 겨우내 묵나물에 지쳐서 신선한 채소를 그리워했다. 푸릇푸릇 새싹이 돋는 날이 어서 오기를 고대하였다. 마침내 매서운 찬바람이 물러가고, 만물이 소생하는 봄이 오면, 들로 산으로 봄나물을 뜯으러 다녔다. 그때 그 사람들이 맛보았던 가장 흔한 나물이 참취였을 것이다. 그것은 참취의 또 다른 이름이 나물취인 것을 보아도

▲ 참취

취나물의 대표, 산나물의 대표인 것을 짐작할 수 있다.

　참취는 맛과 영양분이 풍부하다. 배추나 무 같은 일반적인 채소에 비하여 비타민과 무기질이 많다. 알칼리성 식품으로 노화 방지와 관련 있는 항산화 효과도 크다고 한다. 다양한 방법으로 요리할 수 있는 것도 장점이다. 참취는 보통 살짝 데쳐서 나물로 먹지만 날것으로 먹을 수도 있고, 장아찌로 만들 수도 있다. 심지어 묵나물로 만들거나 냉동시켰다가 해동(解凍)해도, 다른 나물과 달리 변치 않고, 쌉싸래한 맛과 향을 그대로 가지고 있어 좋다. 한때 곤드레밥이 유명했지만 참취로 밥을 지으면 곤드레밥은 비교되지 않는다. 예로부터 입맛을 잃은 봄철에 여러 사람의 원기회복에 이바지했을 것이다.

참취는 어떤 곳에도 잘 적응한다. 고사리와 잔대는 햇볕이 잘 드는 양지쪽에서만 많이 볼 수 있고 참나물과 고비는 그늘진 사면에서만 자주 눈에 띈다. 곰취를 보려면 높은 산에 가야만 하고 낮은 산에서는 볼 수 없다. 참취는 특별히 좋아하는 장소가 없는 것은 아니지만 아무 곳에서나 잘 자란다. 양지에도 음지에도, 낮은 산에도 높은 산에도, 기름진 땅에도 메마른 땅에서도 잘 자란다. 참취는 있게 된 곳을 불평하지 아니한다. 처음 씨가 뿌려진 곳이 어디든 나름대로 온 힘을 다한다. 아무리 추운 겨울이 와도 봄이 되면 어김없이 파란 새싹을 틔운다. 다른 식물처럼 억센 줄기도, 날카로운 가시도 가지고 있지 않다. 부드럽고 연하지만 뜻밖에 강인하다.

참취는 오랫동안 만날 수 있다. 두릅과 엄나무 순은 봄에 나오는 산나물 중에서도 맛있기로 손꼽히고 있다. 그러나 채취할 수 있는 기간이 일주일 남짓, 가장 좋은 시기는 불과 이삼일밖에 되지 않는다. 대부분의 산나물이 이용할 수 있는 기간이 매우 짧다. 참취는 봄이 시작할 때부터 초여름까지 긴 기간 동안 뜯을 수 있다. 나물꾼에게 참취는 한두 번 보고 헤어지는 사이가 아닌, 오래오래 사귀는 친구이다.

참취는 누구나 쉽게 만나 준다. 산에서 나는 식물 중에 귀하기로는 산삼이 최고일 것이다. 그러나 산삼은 아무나 쉽게 만나 주지 않는다. 오래된 심마니들조차 진짜 천종산삼은 몇 년에 하나 보기 어렵다고 한다. 산삼의 효험을 볼 수 있는 이도 아주 일부 특별한 사람들뿐이다. 참취는 젊은이뿐만 아니라 어린아이도 늙은이도 한나절 다니면 쉽게 뗏거리를 마련할 수 있게 해 준다. 참취는 사람을 구별하지 않는다. 누구에게나 혜택을 준다.

참취를 보면 마음이 편해서 좋다. 산나물 중에는 독초와 구분하기 어려운 것이 더러 있다. 곰취는 동의나물과 비슷하고, 원추리는 여로와 비슷하다. 개당귀와 당귀를 식별하기도 쉽지 않다. 산나물의 초보자는 마음이 불편할 때가 자주 있다. 그러나 참취와 비슷한 식물은 없으므로 헷갈리지 않는다. 참취는 다른 이의 모습으로 꾸미지 않는다. 흉내 내지 않는다. 언제나 소박한 그 모습. 그대로 척 보면 참취이다.

▲ 참취 꽃

참취는 기다릴 줄 안다. 봄이 오면 산과 들에는 많은 꽃이 앞다퉈 핀다. 모두 제각각 화사한 자태를 뽐내기에 바쁘다. 참취는 조급해하지 않는다. 먼저 꽃 피운 식물들을 시샘하지 않는다. 봄이 다 가도록,

여름이 되어도 곁눈질하지 않고, 오로지 자신의 잎과 줄기를 키우는데만 정성을 다한다. 마침내 한여름이 지나 가을빛이 비치면 비로소 하얗고 수수한 꽃들을 피운다. 참취는 오랫동안 준비한 덕에 먼저 꽃 핀 화려한 식물들보다 더 번성한다.

참취! 내가 다시 아이들을 기르게 된다면 '얘들아! 산삼보다는 참취 같은 삶을 살아라!' 라고 말하고 싶다.

참나무를 심은 뜻은

"우리나라의 대표적인 나무는 무엇일까?"

언젠가 산에 다니는 동료 몇 사람이 우연히 우리나라 산에서 자라는 나무에 관한 이야기를 나눈 적이 있다. 그때 많은 분은 소나무라고 했고, 나와 몇 분은 참나무일 거라는 말을 한 적이 있다.

내가 참나무에 처음 관심을 두게 된 것은 오래전 어느 학교에 부임했을 때 일이다. 학교 숲 가꾸기라고 해서 교내에 있는 빈터에 나무를 심어 자연을 조성하고, 아이들의 정서 순화와 교육에 활용하는 사업이 있었다. 나무에 대하여 일가견이 있는 교장 선생님은 다른 정원에서 흔히 볼 수 있는 소나무나 향나무는 있어도 좋고 없어도 상관없지만, 우리나라 산에 자생하는 토종 참나무는 학교 숲에 꼭 심어야 한다고 주장했다. 그때 여러 곳에 수소문해서 옮겨 온 커다란 참나무가 자리 잡도록, 일 년 동안 때맞춰 물 주고, 비료 주며 돌보았던 추억이 있다. 처음에는 '웬 참나무인가?' 하고 의아스럽게 생각했으나 차츰 배워가며 깊은 뜻을 이해하게 되었다.

참나무는 우리나라 산에서 가장 흔한 나무, 서민적인 나무다. 가장 많은 것이 당연히 대표가 돼야 한다고 생각된다. 옛날에 일반 백성들이 사용하던 농기구나 연장들은 많은 것이 참나무로 만들어졌다. 참나무에서 열리는 도토리는 신기하게도 풍년일 때보다는 흉년일 때 더 많이 열려서 구황식품의 역할을 톡톡히 했다. 참나무에서 열리는 표고버섯, 영지버섯 등도 사람들이 쉽게 접할 수 있는 버섯들이다.

소나무는 어떻게 보면 일부 특권층만을 위한 귀족적인 나무다. 소나무는 재목 때문에 조선 시대 내내 정부에서 보호받던 나무다. 소나무를 보호하는 지역에는 황장금표를 세워서 아무나 출입할 수 없게 했다. 그렇게 해서 생산된 재목은 임금님이 계시는 대궐이나 관청건물, 권력을 가진 일부 양반 특권층의 집을 지을 때만 사용할 수 있었다. 소나무에서 생산되는 버섯인 송이만 해도 그렇다. 생산량이 극히 적어 일부 사람들만 맛볼 수 있다.

참나무는 끈질긴 나무다. 원줄기를 자르면 바로 밑에서 곁가지가 두세 개 나와서 다시 자라게 된다.[27] 또 자르면 새 줄기가 잘라 버린 줄기보다 더 많이 나와서 그중의 하나가 나중에 크게 자란다. 산불이 휩쓸어서 땅 위에 나와 있는 줄기가 다 타 버려도 뿌리에서 새로 곁가지가 나와 자란다. 끈질긴 우리 민족성을 닮았다고나 할까? 반면에 소나무와 같은 침엽수는 원줄기를 잘라버리면 바로 죽게 된다. 산불이라도 나게 되면 인화성이 강한 송진 때문에 나무 전체가 금세 다 타버리고

---

27) 맹아(萌芽)라고 한다.

만다. 소나무는 겉보기에는 굳건하다. 그러나 눈이 많이 온 겨울날 돌아보면 가지가 부러진 것은 거의 소나무이고 참나무는 드물다.

참나무의 큰 덕(德)은 더불어 사는 나무라는 점이다. 참나무숲에 들어서면 다양한 식물을 볼 수 있다. 참나무 잎은 솔잎보다 훨씬 빨리 분해가 돼서 토양에 많은 영양분을 되돌려 준다. 참나무가 있는 곳은 세월에 감에 따라 땅의 비옥도가 점점 높아져서 다양한 생물이 살기에 좋은 조건이 된다. 가끔 철쭉나무도 있고 산벚나무도 보인다. 여러 가지 산나물과 야생화도 볼 수 있다. 식물뿐만 아니라 여러 가지 곤충들과 다람쥐와 같은 동물들도 살고 있다. 전문가 중에는 우리나라에서 참나무가 없어진다면 많은 야생동식물이 일시에 사라질 것이라고 말하기도 한다.

그러나 소나무가 빽빽하게 들어찬 숲속에 들어서면 솔잎만 수북이 쌓여 있고, 다른 풀들이 거의 자라지 않는 것을 볼 수 있다. 소나무는 뿌리에서 다른 식물의 발아와 생장을 억제하는 물질을 분비한다.[28] 그리고 나중에는 자기 자신도 그 물질에 중독되어 말라 죽는다고 한다. 소나무는 혼자만 사는, 자기들끼리만 사는 나무다.

참나무는 구석기 시대 유적에서도 발견되며, 서양의 고대 신화에도 등장한다. 인류가 농경 생활을 하기 훨씬 전부터 함께 해 온 나무다. 그중에서도 참나무의 가장 중요한 역할은 문명을 낳은 나무라는 점일 것이다. 문명은 석기시대에서 청동기시대를 거쳐 철기시대로 발전하였다. 철광석을 녹여 쇳물을 얻으려면 오랜 시간 높은 온도를 유지해

---

28) 타감(他感)작용이라고 한다.

야 한다. 석탄이 알려지기 전에 높은 온도를 얻으려면 질 좋은 참나무 숯을 대량으로 사용해야 했다. 참나무가 없었다면 철기시대는 지금보다 훨씬 늦어졌을 거라는 이야기도 있다. 오늘날 철기 없는 인간 문명은 상상하기 어렵다. 우리 조상님들은 수많은 나무 중에서도 이 나무에 특별히 참나무라는 이름을 붙였다. 참나무야말로 널리 인간을 이롭게 한다는 홍익인간(弘益人間)의 이념을 실천한 나무라고 하겠다.

현재 우리나라를 비롯한 전 지구는 온난화가 진행 중이다. 해마다 조금씩 평균기온이 올라가고 있다. 현재 추세대로 50년만 지나면 우리나라 자연 생태계에서 소나무는 강원도 일부 지방이나 지리산의 높은 지역에서만 살게 된다고 한다. 나머지 대부분 지역은 참나무가 자리 잡게 된다고 한다.

참나무. '참 좋은 나무', '진짜 나무'란 뜻이다. 묘하게도 서양에서 만들어진 참나무류[29]의 라틴어 학명인 퀘르쿠스(Quercus)도 같은 뜻이다. 진짜 나무가 주인이 되는 세상을 꿈꾸어 본다.

---

[29] 참나무는 어느 한 종(種)의 이름이 아니라 참나무과 참나무속의 신갈나무, 떡갈나무, 갈참나무, 졸참나무, 굴참나무, 상수리나무 등 여러 나무를 가리키는 명칭이다.

참나물을 아시나요?

유월 초순. 깊은 산 숲속이다. 아래 세상은 뜨거운 햇볕 내리쬐는 한 낮이지만, 이곳은 서늘한 기운마저 감돈다. 눈앞에 보이는 식물의 줄 기를 뜯어 천천히 씹은 다음에 코끝에 살짝 대어 본다. 아삭아삭 씹히 는 맛, 은은하고 향긋한 냄새. 나는 이 맛, 이 향기가 좋다. 얼마나 좋 으면 세상 사람들이 이 나물에 참나물이란 이름을 붙였을까?

이 나물의 이름을 내가 처음 들은 것은 어린 시절 산골짜기에 있던 마을에 살 때다. 그렇지만 그때는 그저 평범한 여러 산나물 중의 하나. 특별히 달거나 고소한 먹을거리가 아닌 것이 코흘리개 어린아이의 주 목을 받을 수는 없었다. 그나마 조금 더 자라서 그 마을을 떠난 다음 에는 나는 오랫동안 이 나물의 존재를 까맣게 잊고 있었다.

내가 우리나라 토종 야생식물에 관심을 두기 시작한 것은 어른이 되

▲ 우리나라 토종 참나물

고서도 한참 지나서, 나이가 쉰이 될 즈음이다. 그때 산에 오가며 보게 되는 식물에 대한 앎을 하나둘 늘려가는 것은 신선한 즐거움이었다. 그러나 어릴 때 들었던 참나물은 이름은 알고 있었지만, 그 모습이 선명하게 눈에 떠오르지 않았다. '우리나라 대표 산나물이므로 참나물이라고 불리는 것 같은데 이것을 모르고서야.' 보고 싶었지만 평범한 다른 식물들처럼 오가는 길에 아무 데서나 쉽게 볼 수 있는 식물이 아니었다.

그렇게 몇 해가 지나고, 어느 날 해발 1,000m가 넘는 능선을 종주 산행하고 있었다. 잠깐 쉬고 있었는데, 후배가 숲을 헤치더니 소리 질렀다.

"여기 참나물 있어요."
"뭐 참나물?"
"이게 참나물이어요. 온통 참나물 천지네요."

그때 나는 처음으로 참나물을 자세히 살펴보았다. 이제까지 모호하던 참나물이 비로소 분명한 모습으로 바뀌어 내 의식 속에 자리 잡았다.

순수한 우리말 '참'은 '거짓이 아닌 진짜'라는 뜻이며, 이것은 또한 '모든 것 중에서 으뜸'이라는 의미와도 통한다. 참나물은 이름에 걸맞은 고급 산나물이다. 참나물을 이용하는 방법은 여러 가지가 있다. 맛과 향을 가장 있는 그대로 느끼고 싶으면 씻어서 생것으로 그대로 먹거나 쌈으로 이용하면 된다. 나 같은 경우에 입맛을 잃었을 때도 참나물과 된장만 있으면 밥 한 공기 비우기가 쉬웠다. 참나물 향이 은은하게 풍기는 감칠맛 나는 부침개를 부쳐 먹는 것도 색다른 경험이다. 아삭아삭하게 참나물이 씹히는 물김치를 담가 먹는 것도 좋다. 그 밖에 무침, 장아찌, 볶음밥의 재료 등으로 다양하게 사용할 수 있다.

나물 중의 진짜 나물인 참나물을 만나러 가는 길은 쉽지 않다. 참나물은 낮은 야산에는 없다. 많은 사람이 오가는 다니기 편한 잘 닦여진 등산로 주변에도 드물다. 참나물을 만나려면 상당한 높이의 산을 땀을 흘리며 올라, 조용하고 한적한 곳을 잘 살펴야 한다. 그리고 사실 많은 사람은 숙달되기 전인 초보 시절에는 이것이 참나물이라고 가르쳐 주어도 다른 비슷한 식물과 잘 구별하지 못하는 것 같았다.

　그러나 참나물은 산삼이나 상황처럼 귀한 식물은 아니다. 뜻밖에 많은 곳에 있다. 그리고 있는 곳에 한두 포기만 있는 것이 아니라, 참나물 밭을 이루고 있는 곳이 많다. 참나물 찾는 데 익숙해지면 산에 올라 지세와 방향만 훑어봐도 참나물이 자라는 곳이 눈에 확 들어온다. 더 익숙해지면 산에 오르지 않고 지형도만 살펴보아도 참나물이 자라고 있음 직한 곳이 보이는 것 같다. 참나물을 찾기가 어렵다고 하는 것은 사람들이 다만 알아보지 못할 따름이다.

▲ 참나물 꽃

그런데 언제부터인가 참나물이 마트(mart)에 가도 있고, 쌈밥 먹는 식당에 가도 내오는 것을 보았다. 처음에는 참나물도 재배하여 이제는 대중화되었는가 생각했다. 한데 맛도 그렇고, 향기도 거의 없고, 질긴 것이 산에서 자라는 참나물과는 달랐다. 나중에야 그것은 진짜 참나물이 아니고 일본에서 육종(育種)한 것으로 그것의 원래 이름은 삼엽채(三葉菜) 또는 미츠바(みつば)라는 것을 알았다. 그것은 참나물보다는 우리나라 산에 자생하는 나물 종류인 파드득나물과 더 비슷하다고 하겠다. 그렇지만 정확히 말하면 파드득나물과도 또 다른 식물이다. 굳이 맛과 향으로 질을 따져서 등수를 매긴다면 참나물이 1등, 파드득나물이 2등, 삼엽채가 3등이라고 할까? 한마디로 가짜를 진짜로 둔갑시켜 팔고 있는 것이었다. 사실을 알고 나서 기분이 언짢았다.

참나물과 삼엽채는 얼핏 보면 비슷할지 몰라도 조금만 관심을 가지면 구별하는 것이 어렵지 않다. 참나물은 줄기에 자줏빛이 보이는데 삼엽채는 그런 색깔이 전혀 없고 연한 초록색 한 가지 색이다. 그런데 인터넷에 올린 참나물 요리법에 관한 사진들을 살펴봤더니 대부분이 줄기가 초록색뿐인 삼엽채 요리를 버젓이 참나물 요리로 발표하고 있었다. 많은 사람이 삼엽채를 우리나라 토종 참나물로 착각하고 있다. 안타까운 일이다.

'악화(惡貨)가 양화(良貨)를 구축한다.'는 서양의 고사성어가 있다.

서로 경쟁을 벌이는 것들에 대해 가치를 식별할 수 있도록 충분한 정보가 제공되지 않으면, 나쁜 것이 좋은 것을 서서히 밀어내어 시장에는 나쁜 것만 남게 된다는 뜻이다. 현실은 바로 이런 형국인 셈이다.

그나마 다행인 것은 최근에 토종 참나물을 재배하는 소수의 농민과 일부 소비자 단체에서 이에 대해 문제를 제기한 것이 보였다. 한편 참나물을 대량 보급할 수 있도록 재배하는 방법을 연구하기도 하는 것 같다. 그렇지만 더욱 중요한 것은 사람들이 우리 것과 우리말을 소중하게 생각하는 마음을 가져야 하지 않을까 생각해 본다.

가을 국화

가을꽃의 대표는 뭐니 뭐니 해도 국화일 것이다. 찬 서리를 맞으며 아름다운 꽃을 피우는 국화는 꿋꿋한 선비의 기상을 상징한다. 매란국죽(梅蘭菊竹) 사군자 중에서 가을 대표로 예로부터 많은 문인이 즐겨 그렸던 꽃이다.

가을 국화를 보면 내가 국화를 키우던 추억이 생각난다. 일 년여 동안 선배님의 지도를 받으며 150여 개의 화분에 행사용 국화를 키웠던 적이 있다. 그 당시에는 미처 깨닫지 못했지만 지나고 생각하면 국화를 재배하는 것은 단순히 꽃을 재배하는 것 이상의 세상의 이치를 깨닫게 해준다.

'봄은 시작이다' 라는 말이 있지만, 국화를 키우기 위해서는 사실 봄이 아니라 겨울이 되기 전부터 준비해야 한다. 전해 가을에 질 좋은 부엽토를 채취하기 위해 이 산 저 산 헤매어야 했었다. 세상의 일이란 미리미리 준비하여야 한다는 것을 알게 해준다.

국화를 키우는 일에 있어서 가장 많은 작업은 물주기이다. 국화를 키우는 동안 매일 아침 일어나면 물주는 일부터 한 다음에 일과를 시작했었다. 잎에 흙이 튀지 않도록 조심해서 주어야 했다. 가장 중요한 것은 물을 적게 주어도 안 되지만 너무 많이 주어도 안 되는 것이었다. 세상일이란 것이 모자라도 안 되지만 지나쳐도 안 된다는 과유불급(過猶不及)의 원리를 깨닫게 해 준다.

국화의 꽃눈이 나오기 시작하면 여러 개의 꽃눈 중에서 한 개만 남기고 다른 꽃눈은 따서 버려야 했다. 그래야만 큰 꽃 한 송이를 얻을 수 있다. 한 가지 큰 것을 얻기 위해서는 다른 것을 포기하고 한 가지에 정진해야 한다는 인생의 원리를 알게 해 준다.

국화꽃이 피면 철사로 틀을 만들어서 꽃을 받쳐주고 늘 매만져야 했다. 예쁜 꽃은 저절로 되는 것이 아니라 만들어지는 것이다. 사람의 일생도 훌륭한 사람이 되기 위해서는 어렸을 때부터 교육이 중요함을 알게 해준다.

가을! 여러 곳에서 국화전시회가 열린다. 아름다운 꽃을 구경하는 것도 좋지만, 나는 국화를 보면 국화를 키운 사람의 정성을 생각하게 된다. 선선한 바람이 가을이 왔음을 피부로 느끼게 한다. 국화전시회를 보러 가야겠다.

늑대

　늑대는 억울하다. 이 세상에 늑대만큼 사람들에게 오해를 받아온 동물도 드물 것 같다. 오늘날 흔히 사납고 예의 없고, 남에게 해코지만 할 것 같은 인간을 "늑대 같은 놈"이라고 한다. 아주 옛날부터 전해 오는 이솝우화나 전래동화를 읽어봐도 늑대를 착한 동물로 이야기한 것은 눈을 씻고 보아도 찾기 힘들다. 한결같이 음험하고 탐욕스러운 존재로 묘사하고 있다.

　나의 어린 시절 늑대에 대한 기억도 별반 다르지 않았다. 그때는 반공 교육이 한창이었던 때였다. 만화나 삽화에 공산당을 흔히 "붉은 늑대"에 비유하며 기다란 주둥이와 눈꼬리가 길게 째진 사나운 모습으로 표현하곤 했다. 어린 마음에 자연히 늑대는 나쁜 동물이라는 이미지가 형성됐다.

　이런 나의 관점에 변화를 가져온 것은 중학생 때 시턴의 동물기에 나오는 늑대 왕 로보 이야기를 읽게 되면서부터다.

　로보는 미국 남서부 뉴멕시코주 지역에 살던 영리한 늑대다. 사람들은 이 늑대를 잡으려고 갖가지 독과 미끼, 사냥개, 그리고 덫을 사용했으나 실패했다. 친구의 부탁으로 이곳에 오게 된 시턴도 처음에는 기존 방법을 사용했으나 실패했다. 오히려 로보는 미끼들을 한군데 모아 놓고 그 위에 똥을 싸놓아 조롱하기까지 했다. 로보 무리를 자세히 관찰하던 시턴은 어느 날 아름다운 하얀 털을 가졌으나 조심성이 좀 떨어지는 암늑대를 발견했다. 시턴은 먼저 암늑대를 잡은 후에 그녀를 이용하여 로보를 잡을 계획을 세웠다. 암늑대 블랑카는 미끼에 유혹되어 쉽게 잡혔으나 실수로 죽이고 말았다. 늑대 왕 로보는 블랑카가 죽은 것을 알고 비탄에 빠져 울부짖었다. 죽은 그녀의 곁으로 오는 것이 위험하다는 것을 알았지만 잊을 수가 없었다. 그녀에게로 다가오다가 평상시의 조심성을 잃고 덫에 걸리고 말았다. 시턴은 이 늑대를 죽이지 않고 묶어 놓고 먹을 물과 음식을 주었으나 아무것도 입에 대지 않았다. 로보는 어느 날 아침 지난날 활동하던 무대인 먼 고원 쪽을 응시하며 조용히 눈을 감았다.

　로보 이야기는 늑대의 지고지순(至高至純)한 슬픈 사랑 이야기이다. 동물이 사람처럼 배우자를 이렇게 사랑할 수 있을까? 이것은 사실일 것 같다. 대부분의 짐승이 다부다처제인데 비하여 늑대는 짝이 한번 정해지면 평생을 함께한다고 한다. 그리고 곰이나 사자 등 많은 짐승이 수컷은 육아에 전혀 신경 쓰지 않고 암컷 혼자서만 새끼를 기르는 데 비하여 늑대는 암수가 함께 새끼를 키운다. 수컷은 사냥하고 돌아오면 새끼들에게 먼저 먹이를 먹인다. 더욱더 신기한 것은 친부모가 아닌 무리 중의 어른 늑대들도 공동으로 새끼들을 돌보는 보모 역할에 충실하다고 한다. 한편 대부분의 동물은 늙거나 병들거나 다치면 무리 중의 아무도 돌보아 주지 않는 데 비하여 늑대들은 사냥하면 이런 동료에게도 먹이를 나누어 주어 연명을 계속하는 늑대가 간혹 눈에 띤다고 한다. 늑대는 어찌 보면 인간보다도 더 인간적인 동물인 것 같다.

늑대는 아주 오래전 수렵 채취시대에는 사람과 함께 평화롭게 공존하며 세계의 여러 곳에서 번성하던 동물이다. 인류문명이 시작되어 농경과 목축이 이루어지면서부터 사람들은 늑대와 충돌하기 시작하였다. 특히 목축업을 위주로 했던 서구에서 늑대에게 온갖 악명의 굴레를 씌워 보는 대로 죽이려고 했다. 이러한 관행은 유럽에서 시턴이 살던 시대의 미국으로 이어졌고, 로보이야기가 탄생한 배경이 되었다. 사실 늑대의 입장에서는 억울한 일이었다. 원래 늑대들이 살던 곳을 사람들이 침범하여 먹이가 없어져서 할 수 없이 사람들이 기르는 가축에 손을 댈 수밖에 없었다. 늑대와 사람 간의 오래된 전쟁은 총이라는 신무기를 사용함으로써 사람의 일방적인 승리로 끝났다. 이제 세계 대부분의 문명화된 지역에서 자연 속을 활보하는 늑대의 모습을 보기는 힘들다.

늑대가 없어지면 아무 일도 없을 것으로 생각했으나 부작용이 생기기도 했다. 미국의 어떤 국립공원에서는 늑대가 없어지자 늑대의 먹이였던 사슴들이 무지막지하게 번성하여 풀과 나무들을 닥치는 대로 먹어 치웠다. 오래지 않아 숲이 황폐해졌다. 숲이 사라지자 짐승들도 새들도 물고기도 모두 사라져 갔다. 사람들은 사슴의 수를 조절하려고 갖가지 방법을 시도했으나 실패했다. 할 수 없이 이 지역에 늑대를 다시 살게 하자 사슴이 원래의 적정수가 되었다. 숲은 되살아났고, 떠났던 동식물들이 돌아와 자연이 원래의 모습으로 회복되었다고 한다.

늑대는 인간의 반려동물인 개의 친척뻘 되는 야생 동물이다. 개는 지극히 귀여워하면서 개와 가장 가까운 동물은 혐오스럽게 생각한다는 것은 어찌 생각하면 대단한 아이러니이기도 하다.

나는 늑대가 나오는 TV 다큐멘터리가 있으면 즐겨 본다. 알래스카의 대자연! 하얀 눈밭을 호쾌하게 달리는 늑대의 모습은 보기에도 후련하다. 사람들이 만약 나에게 어떤 동물이 되고 싶으냐고 물어본다면 이솝우화의 '늑대와 개' 이야기에 나오는 개처럼 개목걸이 매여서 주인에게 아양을 떨며, 포동포동 살찐 개보다는 '나는 한 마리 늑대가 되어 하얀 설원을 마음껏 달려 보고 싶다.' 라고 말할 것 같다.

제5부

옛날 옛적에

소서노의 사랑

오늘도 사연을 간직한 채 강은 유유히 흐른다. 나는 한강 북쪽 자그마한 언덕에서 강을 내려다보고 있다. 아득히 먼 옛날 한 여인이 말을 타고 저 강변을 거닐었을 것이다. 그는 누구보다도 그의 낭군과 두 아들을 사랑했으며, 아주 지혜로운 여인이었다. 나는 그 여인의 마음을 헤아려 본다.

소서노. 고구려 시조 동명왕(주몽)의 부인이며, 백제 시조 온조왕의 어머니이다. 그녀는 본래 압록강으로 흘러드는 비류수가에 있던 졸본 부여국의 둘째 공주님이었다. 그녀의 나이 서른 즈음, 어쩌면 그때 그녀는 연로한 아버지를 도와서 나랏일을 돌보고 있었을 것이다. 동부여에서 주몽 일행이 탈출해 왔다. 지금으로 말하자면 망명을 신청했다. 그때 주몽은 스물두 살의 젊은이, 도망자의 신분이었으므로 초라한 행색이었을 것이다. 그러나 몇 명 안 되지만 충실히 따르는 부하들이 있고, 드물게 활 잘 쏘는 명궁이었다. 곧 비범함이 눈에 띄었다. 사랑은 운명이라 했던가? 소서노는 어느 순간 훨씬 연하의 주몽을 사랑하게 되었고, 그와 결혼하게 되었다.

소서노는 새로 창업한 고구려가 자리 잡도록 주몽을 도와 헌신을 다 했다.[30] 주몽이 비록 걸출한 인물이기는 하지만 사실 처음에는 일개 망명객에 지나지 않았다. 국가라는 큰 그룹을 경영해 본 경험도 없었다. 예나 지금이나 새로운 나라를 만들고, 막강한 군대를 유지하는 것은 정열과 패기만으로 되지 않는다. 아마도 토착 세력으로서 막대한 부(富)와 경험을 가진 소서노가 도와서 가능했을 것이다.

세월이 흘렀다. 주몽과 만난 지 19년이나 되었다. 어느 날 동부여에서 주몽의 옛 부인 예 씨와 맏아들 유리가 탈출해 왔다. 이제까지 소서노가 제1 왕비였는데 예 씨가 소서노의 자리를 차지했고 태자의 자리마저 유리가 차지하게 되었다. 주몽으로서는 옛 의리를 지키는 일이었을 것이다. 그러나 이제까지 왕비로서 자기 아들들이 당연히 주몽의 뒤를 이을 것으로 생각하고 있던 소서노는 얼마나 당혹스러웠을까? 허탈감과 배신감마저 밀려왔을 것이다.

그런데 호사다마(好事多魔)랄까? 주몽은 옛 부인과 아들을 만난 지 불과 6개월 만에 홀연히 세상을 떠나고, 태자이던 유리가 왕위를 잇게 된다. 이때 유리가 왕이 되었다고는 하지만 아직 기반이 취약했다. 소서노가 마음만 먹었으면 왕위를 뺏어서 자기 아들인 비류나 온조에게 왕위를 잇게 할 수 있었을 것이다. 그러나 소서노는 그렇게 하지 않

---

30)   삼국사기 백제 본기 第1 참조 "大王避扶餘之難 逃歸至此 我母氏傾家財 助成邦業 其勤勞多矣"

았다. 왜 그랬을까? 아마도 그녀는 서운한 감정은 있었지만 한때 그의 낭군을 지극히 사랑했기 때문에 그러하지 않았을까? 비록 저세상으로 갔지만 사랑했던 그이가 그런 일을 결코 바라지 않을 터이니까?

소서노는 두 아들을 데리고 따뜻한 남쪽 아리수[31]가 흐르는 곳으로 떠나기로 하였다. 아마도 그녀는 그곳에 대해 미리 어느 정도는 알고 있었을 것이다. 그러나 나이가 쉰을 바라보는 여성이라면 불확실한 모험보다는 편안한 여생을 생각하는 것이 상식일 것이다. 그녀는 일신의 편안함을 팽개치고 모험의 길을 택했다. 왜 그랬을까? 그것은 '내 자식의 뜻을 펴는 일이라면 어떠한 것도 마다치 않겠다는' 어머니의 지극한 자식 사랑 때문이었으리라. 열 명의 신하와 많은 백성이 따랐다. 그녀의 기반이 그만큼 튼튼했음을 보여 주었다. 이것은 아직 젊고 혈기만 왕성한 비류나 온조보다는, 경험 많고 노련한 소서노에 대한 믿음이었으리라.

소서노는 그의 나이 49세 때 이제껏 살던 정든 고향을 떠나 새로운 땅 아리수가 흐르는 이곳으로 왔다. 이때 소서노는 말을 타고 여러 사람을 거느리고 내가 보고 있는 저 강변을 둘러보았을 것이다. 맏아들 비류는 바닷가에 살기를 원하여 곧 미추홀[32]로 떠나갔고, 그녀는 작은아들 온조와 함께 이곳에 자리 잡았다. 그런데 그녀는 지금 보통 생각하듯이 큰아들을 따라가지 않고, 왜 작은 아들인 온조와 함께했을까? 그것은 아마도 '사랑은 내리사랑이라고' 어머니의 심정이라면 큰아들

---

31) 한강의 옛 이름.
32) 지금의 인천 부근.

보다는 아직 어리고 미숙한 작은아들을 곁에서 돌봐 주기 위해서였을 것이다.

　나는 한강을 건너 한성백제박물관이 있는 몽촌토성으로 왔다. 이곳은 초기 백제의 유적지로 추정되는 유력한 곳이다. 많은 사람은 지금의 서울이 서울이 된 것은 조선 시대부터라고 생각한다. 그러나 사실은 지금으로부터 2,000여 년 전 소서노가 이 한강 부근에 터를 잡으면서부터이다.

　박물관에서 나는 그녀의 모습을 찾았다. 백제사 연대별 전시물 맨 처음에 그림 한 장이 있었다. 어느 화창한 봄날인 듯. 소서노가 두 아들과 하인 한 명을 데리고 밖으로 나와 들을 둘러보는 평화로운 정경이었다. 성공한 아들들을 바라보는 어머니의 흐뭇하고 온유한 모습. 그녀의 가장 행복한 순간이었으리라. 나는 한참을 그녀의 얼굴을 바라보았다.

　고구려와 백제의 창업역사는 주몽과 온조가 주연이고, 감독은 사실상 소서노라고 할 수 있다. 세상에 낭군과 아들을 모두 새 왕조의 창업 왕으로 만든 이가 몇이나 될까? 아마도 뒷바라지의 일등을 뽑으라면 마땅히 소서노일 것이다. 어쩌면 오늘날 이 땅의 어머니들이 자식 뒷바라지를 위해 애쓰는 모습은 그녀를 닮아서일까?

　소서노는 죽어서 신이 되었다. 그녀가 61세로 죽자 온조는 한강 북쪽에 있던 위례성을 한강 남쪽으로 옮기고, 묘(廟)를 짓고, 우리나라 최초의 국모 신으로 소서노를 모셨다. 종교에서 주장하는 사랑, 사랑이 지극하면 신의 경지라고 할 수 있으리라.

해거름의 몽촌토성 길을 걸었다. 그녀는 이곳에서 멀지 않은 어디엔가 안식을 누리고 있을 것이다. 마음 한구석이 허전해 왔다. 이곳 어디쯤엔가 소서노의 사당이라도 다시 있었으면? 그녀의 모습을 보았으면? 좀 더 가까이 느껴볼 수 있었으면? 아쉬움이 진하게 몰려왔다. (2013.8.1.)

(2013.11. 『수필문학』 초회 추천작품)

▌글에서 못다 한 이야기

언젠가 사극 주몽이 방영된 적이 있습니다. 저는 드라마 자체보다도 우리나라의 세계적인 소프라노 조수미 씨가 부른 주몽 드라마 OST 중에서 <사랑의 기억>이 오래 기억되었습니다. 이 음악을 여러 번 감상하다가 자연스럽게 소서노에 관한 관심이 생겼습니다.

관심이 차츰 발전하여 역사적 기록을 찾아보게 되었습니다. 가장 기본적인 역사자료인 삼국사기의 관련 기록 한문 원문은 여러 번 읽어 보았습니다. 처음에는 내용만 확인하는 정도였지만 나중에는 단순한 기록 그 자체를 뛰어넘어 기록에서 생략된 인물의 심리 상태(왜? 그때 그렇게 했을까?)를 생각해 보게 되었습니다. 즉 간략하게 기록된 한문 원본의 행간(行間)을 읽게 되었습니다.

실제로 역사적인 인물과 관련 있었던 곳을 방문해서 현지에서 인물의 감정을 느껴 보고 싶어졌습니다. 소서노와 관련 있는 곳은 남한지역에서 바로 서울입니다. 이 한 가지 목적으로 서울을 몇 번 오르내렸습니다.

한강 북쪽 나지막한 산에 올라 강을 내려다보며 소서노의 심정을 생각해 보았습니다. 몽촌토성과 한성백제박물관은 평소 친분 있는 우리나라 고대사를 전공하는 학자분이 백제사에 대하여 관심이 있으면 한번 꼭 방문해 보라고 해서 들렀습니다.

이글을 작성하기 위해 약 6개월간 책을 보고, 현장을 확인하면서 많은 사실을 깨닫게 되었습니다. 한 가지 예를 들면 백제를 이야기하면 많은 사람이 충청도 부여, 공주, 그리고 전라도를 연상합니다. 그러나 사실은 백제 역사 700년 중에서 500년을 지금의 서울에 있었고, (한성 백제 시대라 함) 마지막 200년만 충청도, 전라도 지역에 있었습니다. 백제는 서울에 있었을 때가 더 전성기였습니다. 그런데 이제까지 왜 백제를 말하면 서울은 미처 생각하지 못하고 충청도와 전라도만 생각했는지? 의아스러웠습니다.

수필을 작성하면서 염두에 둔 것은 첫째 역사적인 정확성을 기하고자 했습니다. 현재 학자들 사이에 여러 가지 설이 있는, 즉 확실치 않은 것은 명시하지 않도록 했습니다.

둘째 단순히 사실만 기록해서는 수필이 될 수 없으므로 인물의 심리를 표현하는데 주안점을 두어 글을 쓰도록 노력했습니다. 이 글은 역사적인 기록에 근거한 합리적 상상에 의한 글입니다.

셋째 소서노는 위대한 여성입니다. 그가 그렇게 할 수 있었던 것은 결국 지극한 사랑이었다고 생각합니다. 많은 자료 중에서 주제와 관련 있는 것만 선택하여 주제와 통일시키고자 노력했습니다.

傳구형왕릉을 돌아보고

우리나라에도 피라미드가 있다. 경남 산청에 가면 돌로 쌓아 만든 특이한 모습의 왕릉이 있다. 우리나라의 일반적인 무덤은 둥근 형태의 봉분 형식이며, 왕릉도 예외는 아니다. 그런데 이 무덤은 흙이 아닌 돌로 만들어져 있다. 전해 오는 바로는 가야의 마지막 왕인 구형왕의 능[33]이라고 한다.

내가 이곳에 처음 관심을 두게 된 것은 2013년 4월에 춘주수필문학회의 문학 답사 및 세미나 행사를 위해 사전 답사를 하게 되면서다. 차에서 내려 바라다보니 능으로 들어가는 우뚝 솟은 홍살문이 먼저 눈에 띄었다. 그 오른쪽 계곡에는 반월교가 놓여 있고, 건너편에는 마치 성벽처럼 잘 쌓은 석축 위에 작은 전각이 보였다. 그리고 안쪽으로 산

---

33) 사적 제214호로 구형왕릉으로 전해지기는 하나 아직 확증은 없으므로 공식명칭은 傳구형왕릉이다.

밑 아늑한 곳에 돌무더기의 왕릉이 자리 잡고 있었다. 전체적으로 자연과 인공물들이 조화가 잘 된 아름다운 풍경이었다.

▲ 전 구형왕릉 원경

　멀리서 보기에는 자그마하게 보였으나 정작 바로 앞에 가서 보면 규모가 상당히 컸다. 자연석을 이용하여 산의 경사면에 계단식 7층으로 단을 쌓았는데 맨 아래층은 폭이 넓고 위에 있는 층일수록 폭이 점점 좁아지는 형태다. 얼핏 보면 피라미드의 한 면을 보는 느낌이다. 맨 위층에는 작은 봉분 형태로 돌로 둥글게 쌓아 놓았으며, 4층에는 특이하게도 사각형 창문 모양의 감실(龕室)이 만들어져 있다. 돌 하나하나는 검은 이끼가 쌓여있어 예스러운 느낌을 주는데, 어른 혼자서는 들기 어려운 상당한 크기다. 많은 사람이 동원되지 않고는 만들어질 수 없는 규모라는 생각이 들었다.

▲ 傳 구형왕릉 근경

이곳이 구형왕의 능으로 전해지는 것은 조선 정조 때 민경원이라는 유생(儒生)이 이곳에서 기우제를 지내고 돌아가다가 가까운 곳에 있는 왕산사에 들른 일이 계기라고 한다. 당시 이 절에는 오래된 나무 궤짝이 있었는데 아무도 열어 보아서는 안 된다는 말이 전해져 왔다. 중들의 말을 무시하고 나무 궤짝을 열었더니 구형왕과 왕비의 영정, 옷, 녹슨 칼과 왕산사의 유래를 기록한 왕산사기가 있었다. 이 왕산사기에 이곳이 구형왕릉이며 신라 문무왕 16년에는 신하를 보내어 보수했다는 기록도 있다고 한다.

구형왕(仇衡王)은 누구인가? 구해왕(仇亥王) 또는 양왕(讓王)으로 불리기도 한다. 바로 신라가 삼국통일을 하는데 대단한 역할을 한 김유신 장군의 증조부이다. 삼국사기에 의하면 구형왕은 법흥왕 때 세 아들과 함께 신라에 투항한 것으로 되어 있다. 세 아들 중 막내인 김

무력이 김유신 장군의 할아버지이며 신라가 지금의 한강 유역을 점령하는 데 큰 역할을 하였고, 나중에 백제 성왕을 전사시키기도 했다. 장군의 아버지 서현도 신라의 장군으로서 백제와의 전투에서 여러 번 이겼다.

대대로 내려오던 왕위를 버리고 신라에 항복할 때 구형왕의 심정은 어떠하였을까?

학자들에 의하면 가야의 세력이 약해진 것은 구형왕 때에 이르러 갑자기 그렇게 된 것이 아니고, 이미 선대에 신라와 비교하면 돌이킬 수 없는 정도로 약화된 상태였다고 한다. 그러나 오랫동안 이어져 온 사직을 버리고 신라에 항복하기는 쉽지 않았을 것이다. 일부 신하들은 신라에 투항해야 한다고 하고, 다른 신하들은 "우리 가야국은 오백 년 전통의 나라입니다. 전하! 끝까지 싸워서라도 사직을 보존해야 합니다."라고 강력히 주장했을 것이다. 사실 어떤 자리를 본인은 내려놓고 싶어도 주위 사람들 때문에 내려놓을 수 없는 경우가 많다고 한다.

이곳에 전해 오는 이야기에 의하면 구형왕은 신라가 쳐들어오자 사직을 지키는 것도 중요하지만, 끝까지 싸우게 되면 백성이 다치게 되고, 그것은 도리가 아니라고 생각하여 스스로 나라를 신라에 양도하였다고 한다. 그리고 신라에서 주는 관직도 뿌리치고 이곳 왕산 기슭에 있는 수정궁(水晶宮)에 은거하다 5년 후에 세상을 떠났다고 한다. 전설로는 있음직한 이야기이다.

그러나 정사(正史)인 삼국사기에는 신라가 쳐들어갔다는 기록은 없다. 구형왕이 스스로 신라에 투항하였으며, 이에 대하여 신라에서는 제일 높은 관직을 제수하고, 본래 다스리던 가락국 전체를 식읍으로 삼게 하는 등 예(禮)로서 대접하였다고 한다.[34] 그리고 자손들도 대대로 왕족에 준한 대우를 받고 높은 벼슬을 하였다. 한편 구형왕은 신라에 항복하기 10년 전에 신라에 청혼하여 신라 귀족 여인을 왕비로 맞이했으며, 스스로 신라왕을 찾아가 교분을 두터이 한 일도 있다.

일반적으로 고대에는 세력이 약한 쪽이 강한 쪽에 끝까지 대항하면 전멸되거나, 살아남는다고 하여도 노예가 되는 등 좋은 대우를 받기 어렵다. 그러나 신라에서 최고의 예우를 한 것을 보면 비록 쇠약해지기는 했으나 아직 상당한 세력이었으며, 평소에 서로 친분이 있었던 것 같다. 두 나라가 합해지는데 갈등은 있었을 것이다. 그러나 전쟁보다는 지극히 평화적으로 이루어진 것 같다.

나중에 김유신의 누이동생 보희가 태종무열왕인 김춘추와 결혼하고, 그 아들인 법민이 문무왕이 됨으로써 사실상 가야국과 신라국은 혈연적으로도 완전히 합하게 된다. 구형왕은 비록 왕위를 버렸지만 그 피는 신라 왕실 속에 계속 이어져 가게 된다. 먼 훗날 그의 김해김씨 문중은 고려 시대에도 번성을 누리고 오늘날까지도 이어 오게 된다. 어찌 보면 구형왕은 왕위를 버림으로써 더 큰 영원(永遠)을 얻은 것은 아닐는지?

---

34) 삼국사기 법흥왕 19년 : 金官國主金仇亥 與妃及三子 長曰奴宗仲曰武德季曰武力 以國帑寶物來降 王禮待之 授位上等 以本國爲食邑 子武力仕至角干

금산사에서 견훤 대왕을 기리며

— 2012《춘주수필 문학회》탐방 및 세미나 행사에 참가하고서 —

절마다 내세우는 것이 있겠지만, 모악산 기슭에 있는 금산사는 미륵 신앙의 근본 도량으로서 특징을 갖고 있다. 절 안에 들어서면 여러 건물 중에서도 국보 제62호인 3층으로 된 웅장한 미륵전이 가장 먼저 눈에 들어온다. 이 전각 안에는 실내에 봉안된 불상 중에서 동양에서 가장 큰 것이라고 하는 높이 11.82m인 거대한 미륵불상이 모셔져 있다. 미륵불은 미래에 중생들을 깨달음으로 인도하는 부처님이다.

내가 금산사를 찾았을 때는 마침 아침까지 오락가락하던 비가 잠시 멈추었다. 오래된 절로 올라가는 길 양쪽에는 아름드리나무가 줄을 지어 있었다. 큰 나무들에서 뿜어져 나와 코끝을 스치는 냄새가 신선했다. 절 마당에는 배롱나무의 예쁜 홍자색 꽃이 한창이었다. 여러분과 함께 문화관광해설사의 해설을 들으며 절 곳곳을 살폈다. 백제 법왕 (599년) 때에 창건되어 통일신라, 고려, 조선 시대를 거쳐 현재까지 이른 유서 깊은 사찰이다. 그런데 왠지 모르게 허전했다. 절이 창건된 지

오래되다 보니 여러 시대의 유물들이 두루 있으나 정작 창건 당시 유물은 얼른 눈에 뜨이지 않았다.

▲ 금산사 미륵전

금산사는 후삼국 시절 한 시대를 호령했던 견훤 대왕이 잠시 유폐되어 있던 곳이다. 그때부터 있던 유적이 궁금했다. 대왕과 함께했던, 대왕의 체취가 묻어 있는 물건을 보고 싶었다. 만져보고 싶었다. 나는 일행에게서 벗어나 그것을 찾아보기로 했다. 절 입구 부근에서 돌로 된 두 개의 기둥을 발견했다. 당간지주였다. 당간(幢竿)이란 절에 중요한 행사나 법회가 있을 때 장대에 깃발을 걸어서 알리는 것을 말한다. 지주(支柱)는 바로 당간을 지탱하는 기둥을 말한다. 안내 표지석에 신라 혜공왕 무렵 만들어진 것이라는 설명이 있었다.

바로 이것이다! 그 옛날 대왕은 절 안에서 이쪽을 향해 바깥을 바라보며 온갖 회한(悔恨)에 잠기셨을 것이다. 나는 지금 대왕이 보시던 것을 천년의 세월을 통해서 똑같이 보고 있는 것이다. 당간지주 앞에 서서 이곳에 계실 때 그분의 심정을 헤아려 보았다.

▲ 금산사 당간지주

'한스럽다. 오래전에 사라진 백제를 다시 일으켰다. 올바른 정치를 시작한다는 뜻에서 정개(正開)란 연호를 세웠다. 삼국을 통일하고, 평양성 문루에 활을 걸고, 대동강 물을 말에게 마시게 한다는 웅대한 이상을 가졌다. 한때 세 나라 중에서 가장 강성했다. 통일이 바로 눈앞에 보이는 것 같았다. 아 그런데? 신검 그 녀석은 아무리 생각해도 임금의

재목이 아니다. 나의 꿈을 실현할 수 있는 놈이 아니다.'

대왕은 분통이 터질 것 같았다.

'나의 이상이 실현될 수 없다면? 나의 이상이 엉뚱한 방향으로 변질하여 버린다면?' 대왕은 참을 수 없었다.

'그렇다면 내 손으로 차라리 허물어 버리자. 그리고 나의 꿈을 꺾은 그놈은 도저히 용서할 수 없다.'

그래서 고려 태조에게 투항하기로 하였을 것이다. 원대한 꿈을 갖고 평생을 전쟁터에서 보낸 분이 목숨 따위가 아까워 항복했을 리가 없다. 영웅은 영웅을 알아본다고 했다. 고려 태조는 견훤 대왕을 상부(尙父)로서 극진히 받아들였다.

나중에 후삼국이 통일되었다. 대왕은 고려 태조가 신검을 죽이지 않자 화병이 나서 돌아가셨다. 당간지주를 어루만지며 생각에 잠겨 보았다. 과연 대왕의 뜻은 전혀 이루어지지 않았을까? 돌려 생각해 보면 대왕께서 그토록 바라시던 것은 당신을 대신하여 고려 태조에 의해서 대부분 이루어졌다. 세 나라가 한 나라가 된 것도 그렇고, 분열과 혼란의 시대가 끝나고 새로운 정치가 시작된 것도 그렇고, 대왕을 핍박하던 이들도 대부분 그에 대한 대가를 치렀다. 물론 본인이 직접 하지는 않았으므로 마음이 완전히 흡족하지는 않을 수 있다. 그러나 세상에 완전한 것은 없는 것 아닌가?

주위가 어수선해졌다. 일행들이 금산사 관람을 마치고 돌아가기 위해 내려오고 있었다. 나는 자리를 떠나기 전에 잠시 축원을 드렸다.

'대왕이시여! 이제 원한을 내려놓으소서! 부디 미륵부처님이 오시는 세상에 왕생하소서!'

선동 계곡을 다녀와서

선동(仙洞) 계곡이라. 신선이 사는 곳. 내가 사는 춘천의 오봉산에는 그런 곳이 있다. 이 산에는 숱하게 다녀 봤지만, 이번에는 좀 색다른 형태의 산행을 하기로 했다. 늘 이산에 오면 대개 능선을 따라 걷다가 정상에 들른 다음에 부리나케 내려오는, 어찌 생각하면 산꼭대기만을 다녀오기 위한 산행이었다. 이번에는 정상에는 아예 올라갈 생각을 않고, 이 산 깊숙이 자리 잡고 있는 선동 골짜기를 천천히 걸으며 가을 계곡의 풍광과 옛날 고려 시대에 이곳에서 노닐던 한 거사(居士)의 삶을 음미해 보기로 했다. 평소 지역 향토사에 대하여 조예가 깊은 J형과 단출하게 길을 나섰다.

청평사 담장을 따라서 골짜기를 올라가다 보면 길 오른쪽에 오래된 부도 2개를 지나 곧 해탈문에 이르게 된다. 문은 지난겨울에 왔을 때는 지붕 일부가 훼손된 위태로운 상태로 금줄이 쳐져 있었으나, 지금은 아예 파손된 지붕이 철거되고 양쪽 기둥만 남아 있었다. 전에 보지 못한 낯선 모습을 보게 되어 조금은 생경하였으나 잠시 걸음을 멈추고 해탈문의 의미를 나름대로 생각해 보았다. 아마도 신선이 되려면 우선 세상의 번뇌부터 모두 다 잊어버려야 하리라.

▲ 청평사 가는 길에 있는 이자현 부도

해탈문을 지나서 조금 올라가면 골짜기가 두 개로 갈라진다. 안내판은 우리가 둘러보고자 하는 여러 장소가 모두 오른쪽 계곡에 있음을 알려주고 있었다. 새로 접어든 골짜기 초입새는 양쪽이 절벽인 좁은 협곡인데 오른쪽 절벽에 오래전에 음각된 듯, 이끼가 껴서 눈여겨 살펴봐야 알아볼 수 있는 한자(漢字)가 있었다. 글씨는 청평 선동(淸平仙洞)이다. 이곳이 선동 계곡의 관문, 이제부터 신선의 세계로 들어가는 셈이다.

선동 계곡에 들어서자 곧 자그마한 이단 폭포가 있고, 폭포 위쪽 한쪽에 자연석이 마치 인공적으로 층층이 쌓은 듯이 보이는 커다란 바위가 있으니 척번대(滌煩臺)다. 척번대는 번뇌를 씻는 곳이라는 뜻으로 수행자들이 이 바위에 앉아서 참선 수행을 하였다고 한다. 함께한 J형이 권하기에 나도 바위 위에 편안한 자세로 책상다리하고 잠시 앉아 보았다. 눈높이로 바라보니 골짜기를 건너 나지막한 능선이 이곳을 감싸고 있는 형국이다. 때마침 능선에 있는 참나무들은 절반쯤 단풍이 들어 연한 초록과 노랑으로 알록달록하게 물들여진 커튼을 두른 듯했다. 바로 앞 가까이 내려다보면 빨간 단풍잎 사이로 작은 폭포가 보였다. 지금은 바짝 말라서 물이 없지만, 폭포에 물이라도 흐르는 모습을 내려다보고 있으면 저절로 마음이 깨끗해 질듯한 분위기이다. 전체적으로 아늑한 공기가 느껴졌다. 마음이 편안해졌다. 내가 마치 잠깐 도사(道士)가 된 기분이 들었다.

척번대를 지나서 얼마 가지 않아서 다시 작은 폭포가 있으니 식암 폭포이다. 길은 폭포 왼쪽 가파른 바위 사면에 설치된 밧줄을 잡고 오르게 되어 있다. 폭포 위에 물이 흐르는 암반에는 사각형으로 움푹 인공적으로 파낸 곳이 두 개가 있고 흐르는 물이 가득 차 있었다. 이곳에 있는 안내판에는 이곳이 진락공 세수터로 진락공 이자현이 이 부근에 암자를 짓고 참선 공부를 하였으며, 손과 발을 씻기 위한 장소라고 설명되어 있었다. 그러나 다른 이들에 의하면 이곳은 손발이 들어가기에는 좀 작고 얕으며, 조롱박으로 물을 뜨기에 적당한 크기인 것이 찻물 자리라는 견해가 있는 곳이다.

이자현은 고려 중기 때의 사람으로, 그의 집안은 할아버지 때부터 왕실과 이중 삼중으로 결혼한 당대에 제일가는 권세가 집안이었다. 그는 과거에 급제하여 대악서승이란 벼슬까지 올라 앞날이 창창했으나 돌연 벼슬을 버리고 이 산으로 들어왔다. 이곳에는 그전에 아버지가 지은 보현원이 있었는데 이름을 문수원이라고 바꾸고 여러 곳에 암자를 짓고, 계곡 곳곳에 정원을 꾸몄다. 그리고 평생 이곳에서 베옷을 입고 소박한 음식을 즐기며 선(禪)을 공부했다고 한다. 그전까지 경운산이었던 산 이름도 청평산으로 바꾸고 자신의 호도 식암(息庵) 또는 청평거사(淸平居士)로 한 사람이다.

찻물 자리에서 맑은 계곡물을 한 모금 마시고 오른쪽 능선 위로 올랐다. 이곳에는 70년대에 건립한 적멸보궁이라는 조그마한 암자가 있었으나 너무 낡아서 최근에 헐어버렸다. 건물이 있을 때는 얼른 보이지 않았으나 철거된 지금은 절벽에 청평식암(淸平息庵)이라고 음각된 해서체의 한자가 뚜렷하게 잘 보였다. 이 글씨는 이자현의 친필이라고 전해 오고 있다. 이곳에는 옛날부터 적멸보궁이 있었던 것은 아니고, 원래 이자현이 머무르던 암자가 있던 터라고 전해 오는 곳이다.

잠시 쉬면서 이야기를 나누었다.
J형이 먼저 말을 꺼냈다.

"이자현이는 왕을 고모부로 하여 태어났지요. 27세 때 아내를 잃은 다음에 벼슬을 버리고, 속세와 인연을 끊고 이곳에 와서 37년을 살았어요."

"나중에 왕이 세상으로 나오라고 불렀는데도 나가지 않았는데 몸이 안 좋아서 요양하느라 그랬을 거라는 사람도 있었어요. 어떻게 생각해요?"

"아마 그렇지 않을 거예요. 원래부터 자연을 좋아하고 선(禪)을 좋아했던 사람 같아요. 결과적으로는 잘됐지요. 정치적 야심이 많았던 사촌들은 결국은 비참하게 죽었는데 이자현이는 왕들의 존경을 받으며 천수를 누린 셈이지요."

▲ 이자현의 글씨라고 전해져 오는 선동 계곡에 있는 청평식암 글씨

바위와 늙은 소나무가 어우러진 자리가 편안해 보였다. 문득 언제 이곳에 다시 와서 텐트를 치고 계곡을 내려다보면서 야영을 하고 싶어졌다. 이런 곳에서 하룻밤 자다 보면 어쩌면 이자현처럼 꿈에 문수보살을 볼 수 있을 것 같은 생각도 들었다. 세상의 복잡한 일 다 잊고 경치 좋은 곳에서 여유 있게 노닐던 이자현의 삶. 그것이 바로 신선의 모습일 것이다.

선동 계곡을 다녀와서 세속을 초탈한 이자현의 고고한 모습이 한동안 마음속을 떠나지 않았다. 그래서 그에 관한 흔적을 찾다가 어느 날 고려사 열전에서 그에 관한 기록을 보게 되었다. 언젠가 왕이 천성(天性)을 수양하는 데 가장 중요한 것이 무엇이냐고 자문을 구했을 때 이자현은 "욕심을 적게 하는 것보다 좋은 것은 없습니다.[35]" 라고 대답하고 이에 관한 글을 올린 적도 있었다. 한데, 그 기록의 마지막 부분에 그의 성품에 관하여 다음과 같이 적고 있었다.

性吝, 多畜財貨擧物積穀, 一方厭苦之(성린 다축재화거물적곡 일방염고지)
'성품이 인색하여 많은 재산을 모은 데다 재물과 곡식을 쌓아두니 그 지방 사람들이 그를 싫어하고 괴롭게 여겼다.'

이것은 도대체 웬 말인가? 그가 왕에게 한 말이나 이제껏 생각했던 그의 인상과는 다른 것이다. 얼마나 지나쳤으면 역사책에까지 인색하다고 기록이 돼 있을까? 그렇다면 그는 비록 벼슬에서는 손을 놓았지만, 세속에서 벗어나지 못했던 사람. 조금만이라도 백성들을 배려하는 삶을 살았으면 좋았으련만. 결국, 그의 선(禪)이란 혼자만의 마음을 편하게 하기 위한 선이었단 말인가? 이제까지 선망해 온 이자현의 이미지가 무너져 내렸다. 순간 당황스러웠다. 시나브로 허전함과 아쉬움이 몰려왔다.

---

35) 再見問養性之要, 對曰, "莫善於寡欲." 逐進心要一篇.

아! 탄금대

6월 초순이다. 나는 충주 탄금대 앞에 섰다. 앞을 바라보면서 지금부터 426년 전 이때쯤, 이곳을 향해 몰려드는 들판을 가득 채운 왜병들, 그에 맞서 이곳에 늘어선 말 탄 조선 병사들의 비장한 모습, 높은 곳에서 최후의 명령을 내리는 충장공(忠壯公) 신립 장군의 얼굴을 상상하여 본다. 어디선가 그들의 마지막 함성이 들려오는 듯했다.

임진왜란 때 많은 전투가 있었지만 이 탄금대 전투는 참으로 애석한 점이 많다. 1592년 4월 28일(음력, 양력은 6월 7일) 신립 장군 휘하의 8천 조선군은 이곳에 배수진을 치고 있는 힘을 다하여 싸웠으나, 중과부적(衆寡不敵), 거의 전원이 장렬히 전사하였다. 당시 장군은 가장 신망받는 장수였고, 군사들은 대부분 갑자기 소집된 병력이기는 했으나 처음으로 편성한 대규모 부대였다.

오랫동안, 이 탄금대 전투에서 패배한 신립 장군은 무능한 장군의 대명사로 사람들의 입에 오르내렸다. 그것은 천험의 요지인 조령(鳥嶺)

을 포기하고, 이곳 탄금대에 후퇴할 수 없는 배수진을 치고 적을 맞이했기 때문이다. 그때 휘하 장수들은 지세가 험한 조령에서 적을 막자고 한결같이 건의하였었다. 개중에는 서울까지 물러서자고 한 이도 있었다. 장군도 처음에는 조령에서 적을 방어할 생각으로 정찰까지 다녀왔으나, 결국 탄금대에서 적과 일전을 겨루기로 결심을 바꾸었는데 결과는 실패였다.

왜, 장군은 험준한 조령을 포기하고 벌판인 탄금대에다가 진을 쳤을까? 그것은 당시 조령을 지키자고 하는 부하 장수들의 건의에 대해 장군이 했다고 하는 말에 잘 나타나 있다.

"그렇지 않다. 적은 보병이고 우리는 기병이다. 적을 개활지로 끌어내어 철기로 무찌르면 승리할 수 있다. 그리고 적이 지금 조령 밑에까지 와 있다는데, 우리가 조령으로 진출하다가, 만약 적이 먼저 조령에 도착하여 있다면 어떻게 되겠는가? 아군은 훈련 상태가 미숙한 신병들이므로 사지(死地)에 빠져야만 투지를 발휘할 것이다. 그러므로 배수진을 쳐야 한다."

오늘날 전략 전술 연구가 중에도 비록 실패했지만, 그때 상황에서 장군이 탄금대를 선택한 것은 최선이었다고 생각하는 사람들이 많다. 그것은 탄금대는 삼면이 강으로 둘러싸여 있어 동쪽 한 방향만 막으면 되고, 그 계절에는 서풍이 불어서 조선의 활, 총통 등 원거리 발사 무기로 탄금대를 향해 동쪽에서 서쪽으로 진출하려고 하는 일본군을 사격하기에도 유리하다고 한다. 반면에 험한 조령은 조선의 주력인 기

▲ 탄금대에 있는 팔천 고혼 위령비

▲ 탄금대에 있는 신립 장군순국지지 비석

병의 장점을 활용할 수 없고, 조령 이외에도 충주로 진입할 수 있는 길이 또 있어서 조령만 지키고 있다 보면 후방이 차단돼 포위될 우려가 있다. 그리고 그때 경과를 보면 일본 고니시군은 27일 새벽에 문경에서 출발하여 당일 조령을 넘었다. 조선군도 27일 조령으로 출발했다면 조령 부근에서 양군이 맞닥뜨리거나 또는 일본군이 먼저 도착했거나 하는 곤란한 상황이 됐을 것이다. 장군이 현실적으로 조령에 병력을 배치할 시간적 여유가 없다고 판단한 것은 맞는 것이다.

물러설 곳이 없는 배수진을 친 조선군은 애당초 훈련도 덜 되고 열세였지만 나름대로 열심히 잘 싸웠다. 조선 기병은 몇 차례 돌격하여 일본군의 공격을 격퇴했다. 그러나 시간이 흐를수록 전력의 차이를 극복할 수는 없었다. 결국은 힘이 다하였다.

당시 일본 측에 있던 서양인 선교사 루이스 프로이스의 기록에 의하면 그때 전투에 참여한 조선의 하급 병사 중에는 다소 비겁한 자들도 있었으나 상급 군관들은 매우 용감하고 대담했다고 한다. 포로로 잡힌 장수가 한 명 있었는데 일본군 측에서는 살려주려고 했으나 자신의 명예가 걸렸다며 결코 풀려나기를 원치 않고, 자기의 목을 자르라고 하여 그의 뜻대로 그의 머리를 베기도 했다고 한다.

신립 장군 순국지지(申砬將軍殉國之址) 비석이 있는 남한강이 바라보이는 열두대 바위 위에서 장군이 종사관 김여물 장군과 마지막으로 나누었던 대화를 생각해 보았다.

"이제 때가 이르렀는데 공(公)은 살고 싶소?"

장군이 말했다.

"내가 어찌 목숨을 아깝게 여기겠소."

김여물 장군은 웃으며 이렇게 대답했다.

두 장군은 이렇게 서로 말한 후에 최후의 공격 명령을 내리고 함께 적진에 돌입하여 수십 명의 적을 죽인 다음, 마지막 순간이 다가오자 탄금대를 끼고 흐르는 강물에 몸을 던졌다고 한다.

장군은 처음부터 일본군에게 꼭 승리한다는 확신이 있었을까? 아마도 아니었을 것 같다. 조선군이 일본군보다 열세라는 것쯤은 진작부터 알고 있었다. 마지막 두 사람의 대화에서 '이제 때가 이르렀는데' 말했는데, 그 최악의 경우도 생각하고 있었을 것이다. 다만 불리하더라도, 안되더라도 주어진 상황에서 나름대로 최선을 다하겠다고 마음속에 다짐했을 것이다.

문득 논어의 다음 글귀를 다시 한번 생각하게 했다.

知其不可而爲之者(지기불가이위지자)[36)

'안 되는 줄 알면서도 한사코 무엇을 하려고 하는 사람' 이란 뜻이다. 인간의 삶이란 때론 그렇게 해야 하는 것, 그것이 가치 있는 것 아닌가?

▌집필 후기

이 짧은 수필 한 편을 쓰기 위해서 6개월 동안 많은 관련 기록을 살

---

36) 論語(논어) 憲問(헌문)편.

펴보았다. 임진왜란 당시 탄금대 전투 현장에 있었던 장군과 병사들의 심정을 조금이라도 느껴 보기 위해서 현지인 탄금대도 세 번 방문했었다. 많은 생각을 해보았다. 결론은 장군은 이제까지의 인식처럼 무능한 장군이 아니다. 장군은 최악의 불리한 상황에서도 나름대로 최선을 다했다고 생각한다. 국방이란 평시의 대비 태세가 중요하다. 그때 당시 8천 병사가 갑자기 소집한 미숙한 병력이 아니고, 평상시부터 훈련이 잘된 정예 병사라면, 오늘날 군에서 하는 부대 단위 전술훈련과 같은 것이 그때도 있었다면 결과는 달랐을 것이다.

현목수비 박 씨 이야기

내 아들이 왕이 되는 모습을 보는 꿈. 아마도 그것은 옛날 궁궐 여인들의 꿈이며, 가장 큰 영예였을 것이다. 조선 시대의 경우 후궁 소생의 왕자가 왕이 되어 대통을 이은 경우가 여러 차례 있었으나, 거의 다 정작 왕을 낳은 후궁은 죽은 다음에 나중에 이루어진 일이다. 살아생전에 자기가 낳은 왕자가 임금이 된 것을 자신의 눈으로 직접 본 후궁은 정조의 빈(嬪)이었으며 나중에 비(妃)로 추존된, 조선 제23대 국왕 순조의 생모인 현목수비(顯穆綏妃) 박 씨(朴氏)가 유일하다.

수비 박 씨에 관해서는 어릴 적 꿈과 희망을 품게 했던 신데렐라 이야기와도 맥이 통하는 것 같은 야사(野史)가 전해 오고 있다.

정조의 고모부인 금성위 박명원은 손이 귀한 왕실 사정을 생각해서 정조에게 후궁을 들일 것을 간청하여 허락받았다. 그런데 애당초 간청할 때는 사촌 조카딸을 염두에 두고 있었으나 막상 사촌을 만났더니 딸이 후궁이 되는 것을 완강히 거절했다. 사촌은 후궁은 왕자를 생산하지 못하면 빛을 보지 못하며, 설령 왕자를 생산한다 해도 시기와 암투가 횡행하는 궁중에 사랑하는 딸자식을 보내고 싶지 않다고 했다.

▲ 휘경원 전경

박명원은 쉽게 될 줄 생각했던 일이 뜻대로 되지 않아 고민하고 있었는데, 뜻밖에 여주에서 농사를 지으며 서생 노릇을 하는 먼 친척뻘 되는 박 생원이 장마로 집과 재산을 잃고 가족들을 데리고 무조건 서울로 박명원에게 의탁하러 왔다. 그런데 마침 데리고 온 딸아이가 있어서 만나 본 즉 비록 시골 처녀지만 착한 성품에 여느 양갓집 규수에 못지않은 용모와 품격을 지니고 있었다고 한다. 이에 정조에게 중매를 서서 후궁으로 맞아들이게 하였는데 이 이가 바로 수비 박 씨라고 한다. 마치 가난하고 착한 소녀가 어느 날 왕자님을 만나 행복하게 살게 되었다는 동화 같은 분위기이다.

그러나 실록에 의하면 수비 박 씨는 어느 날 갑자기 후궁이 된 것은 아니고, 간택을 거쳐서 후궁이 되었다. 조선 시대에 후궁이 되는 방법이 몇 가지 있는데 그중에서 정식 절차가 간택에 의한 방법이다. 간택에 의한 방법은 명문가의 규수들을 대상으로 몇 단계의 선발 절차를 거친다. 그리고 왕과 정식으로 혼인하는 절차를 치른 후에 후궁이 된다. 이런 면에서 보면 수비 박 씨의 집안은 야사와 달리 비록 높은 벼슬은 아니지만, 시골에서 농사나 짓는 무명의 양반이라고는 할 수 없다. 실제 수비 박 씨가 속한 반남 박 씨는 조선 시대를 통틀어 보면 왕실과 몇 번 인척 관계를 맺는 명문가 중의 하나이다.

그렇다면 실록과는 다른 장마 덕에 후궁이 되었다는 동화 같은 야사는 어떻게 생긴 것일까? 아마도 그것은 착한 사람이 행복하게 살기를 바라는 민중들의 염원에서 만들어진 이야기가 아닐까 싶다. 수비 박 씨의 삶은 이런 이야기의 전형(典型)이 충분히 될 수 있을 것 같다.

조선 시대 후궁 중에서 수비 박 씨만큼 여러 사람으로부터 칭송을 들으며 행복한 삶을 살았던 사람도 드물다. 임금인 정조로부터 "이 사람은 보통 후궁과 똑같이 대우해서는 안 된다."는 말을 들을 정도로 총애를 받았다. 한편 시어머니인 혜경궁 홍씨가 쓴 한중록에도 "내가 몸소 낳은 딸과 같은 정이 있으며, 선왕(정조)께서도 특히 중히 여기셨다."는 기록이 보인다. 수비 박 씨가 입궐했을 때 궁중에는 정순왕후 김 씨, 효의왕후 김 씨, 혜경궁 홍 씨 세 분의 웃어른이 있었는데 수비 박 씨를 모두 좋아했다고 한다. 그 당시 궁중 살림살이를 살펴보면 아들 순조가 즉위한 후에는 비록 후궁이지만 재정적으로도 대왕대비에 거의 못지않은 대우를 받은 것을 알 수 있다. 무엇보다도 아들 순조가 즉위하는 것을 직접 보았으니 이보다 더 큰 행복이 어디 있겠는가.

수비 박 씨는 성품이 온유하고 예절이 밝으며, 무척 검소하였다. 아들 순조가 임금이 된 이후에도 절대 교만하지 않고 왕실의 세 어른에게 하루 세 번 문안 인사를 빠지지 않았으며, 항상 겸손했다고 한다. 한편 궁중에서 사용하는 의복이나 그릇 등 일상용품도 화려한 것을 좋아하지 않고 소박한 것을 사용하였다. 궁녀가 옷을 만들고 남은 천 조각을 함부로 버렸다가 크게 꾸중을 듣기도 했다. 그리고 아들 순조가 왕세자가 되었을 때는 아첨하는 무리가 뇌물을 바치자 의금부에 넘겨서 혼이 나게 한 적도 있었다.

▲ 매년 5월에 실시되는 휘경원 제향 모습

수비 박 씨는 외양적인 멋이나 아름다움을 추구하는 그런 여인이 아니라 내면의 가치에 의미를 두는 전통적인 윤리 의식이 몸에 밴 여성이었던 것 같다. 아마도 어렸을 때부터 그런 생활 태도를 몸에 배도록 익혔을 것이다. 그의 행복한 삶은 저절로 만들어진 것은 아니고 상당 부분 그의 성품 때문에 이루어질 수 있지 않았나 싶다.

수비 박 씨의 묘소는 남양주시 진접읍 광릉 숲 부근에 있는 휘경원이다. 평소에는 비공개 지역이나 매년 5월 27일 제향(祭享)을 지낼 때는 일반인도 이에 참여할 수 있다. 제향에 참여해 보았더니 진행자가 제향을 진행하는 간간이 전통 제사 절차와 수비 박 씨의 일생에 관해 설명을 하면서 진행해서 다시 한번 그의 삶을 생각하게 했다. 되돌아 나오면서 바라보는 휘경원의 인상이 수비 박 씨의 성품처럼 단아하고, 포근한 느낌이 들었다.

제6부

조국의 독립과 자유

홍유릉을 다녀와서

　우리나라에 평범한 왕릉이 아닌, 옛날 황제의 능(陵)이 있는 곳이 있다. 경기도 남양주시에는 대한제국의 황제였던 고종의 능인 홍릉(洪陵)과 순종의 능인 유릉(裕陵), 그리고 그 마지막 황실 가족들의 묘소가 있는 곳이 있다.

▲ 홍릉 전경

아직 겨울 기운이 가시지 않은 3월 스산한 날, 나는 함께 하기로 한 일행보다 조금 앞서 도착했다. 마침 매표소 앞에 홍릉 · 유릉 역사문화관이 있어서 혼자 천천히 살펴보았다. 이곳에는 홍릉과 유릉의 유래, 황제릉으로서의 공간 구성 특징 등 자료가 잘 갖춰져 있었다. 이곳이 유네스코 세계유산으로 등재된 것도 처음으로 알게 되었다. 누구나 능을 답사하기에 앞서 둘러보는 것이 좋겠다는 생각이 들었다.

　일행이 도착하자 해설사를 모시고 홍릉부터 관람을 시작하였다. 홍릉은 고종과 명성황후의 합장릉이다. 을미사변 때 명성황후는 일본인들에게 처참하게 시해당한 후에 시신은 궁 밖에서 불태워지고 폐서인되었었다. 후에 대한제국 성립과 동시에 명성황후로 복권되어 지금의 청량리에 홍릉을 조성하여 모시다가, 나중에 고종이 승하한 후에 이곳 남양주 금곡에 옮겨 합장한 것이다.

　먼저 홍릉을 들어가면서 왼쪽에 있는 재실(齋室)을 둘러보았는데, 이곳은 능참봉이 평소 거주하면서 업무를 보는 곳으로, 제사 때에는 여러 가지 준비를 하는 곳이라고 했다. 다음에 홍살문을 들어서니, 황제릉답게 거대한 문인석과 무인석, 기린, 코끼리를 비롯한 여러 가지 석물이 있었다. 조선의 다른 왕릉의 경우에는 이런 석물들이 봉분 둘레에 있는데 이곳은 황제의 능이라서 그러하지 아니하고 홍살문을 지나서 침전(寢殿) 앞에 이렇게 늘어서 있다고 하였다. 침전은 이곳에 제사 음식을 진열하고 제사를 지내는 건물이다. 조선 시대의 다른 왕릉은 이 위치에 정자각(丁字閣)이 있는데 비하여 이곳은 황제의 능이어서 일자(一字) 형태의 침전이 있다고 한다.

　침전 내부를 살펴보고 나는 혼자 건물 뒤로 가서 황릉의 봉분을 쳐다보았다. 봉분은 직접 올라가서 볼 수 없게 되어 있으므로 이곳에서 잠깐 그곳을 바라보며 묵념을 드렸다. 생각하면 세상에 궁(宮) 안에까지 침입하여 한나라의 국모를 무참하게 살해한 경우가 그 어디에 있었는가? 한편 일본인들이 궁을 그렇게 쉽게 침입할 수 있었던 것은 내부에 협력자가 있었다는 뜻인데, 어떻게 아무리 돈과 권력에 매수되었다고 하더라도 국왕 부부가 있는 곳을 그렇게 쉽게 외부 침입자들에게 문을 열어 줄 수 있는가? 생각할수록 통탄할 일이다.

홍릉 관람을 마친 후에 영원(英園)으로 갔다. 영원은 조선의 마지막 황태자였던 영친왕과 비(妃) 이방자 여사가 합장된 곳으로 황제릉에 비하여 크기가 작고 간소하여 아담한 느낌이 들었다. 영원은 조선 시대의 다른 왕릉의 예에 따라 정자각(丁字閣)이 있으며, 문인석과 무인석을 비롯한 석물들이 봉분 있는 곳에 늘어서 있었다.

영친왕은 고종의 막내아들로 순종의 이복동생이다. 순종의 황태자가 된 후 얼마 지나지 않아 유학이란 명분으로 일본으로 가게 됐다. 사실상 인질이었다. 8 · 15 광복이 되자 돌아오기를 원했지만, 왕정 부활을 염려한 이승만 정권에 의하여 입국이 막혔었다. 60년대 초가 되어서나 박 대통령의 배려로 병든 몸으로 겨우 고국으로 돌아올 수 있었다.

다음에 덕혜옹주 묘와 의친왕 묘를 둘러보았는데, 이 두 묘소는 평범한 일반인들의 묘소와 같이 상석, 망주석, 장명등 정도의 간략한 석물들로 구성되어 있었다. 고종의 막내딸로 어렸을 때 누구보다도 귀여움을 받고 자랐으나, 일본으로 신식여성 교육이라는 명분으로 인질로 가서 불행한 삶을 살았던 덕혜옹주. 반일 감정을 갖고 상해 임시정부로 탈출하기 위해 압록강을 건넜으나 잡혀서 되돌아와야만 했던 의친왕. 마침 유릉으로 오는 길에 두 분의 사진들을 길옆에 전시하고 있어서, 비운의 황실 가족들의 고단했던 삶을 되새기게 했다.

마지막으로 순종과 순명 황후, 순정 황후 세 분의 합장릉인 유릉을 관람했다. 유릉의 건물과 석물들의 배치는 황제릉으로서 홍릉과 거의 같았다. 다만 문인석과 무인석을 비롯한 석물이 홍릉이 전통적인 수법에 의하여 제작된 데 비하여 유릉은 보다 사실적이고 입체적이라고 한다.

▲ 유릉의 문인석과 무인석

순종은 마지막 황제로서 등극했을 때 이미 국운이 다한 상태였다. 경술국치로 황제에서 폐위되었고, 나중에 망국의 한(恨)을 담은 유언을 남기고 저세상으로 갔다. 순명 황후는 순종 등극 전에 사망하여 나중에 황후로 추존된 분이다. 살아서 대한제국의 황후가 되신 분은 사실상 순정 황후 한 분이다. 순정 황후는 국권 피탈을 반대하여 옥새를 치마 밑에 감추었다가 친일파인 큰아버지 윤덕영에게 빼앗겼다는 이야기가 전해지고 있다.

처음에 이곳 문화해설사는 홍유릉 경내에 있는 잣나무는 열매가 맺지 않는다고 말하였다. 일제는 조선 황족의 씨가 말라 없어지기를 염원하여 일부러 이런 나무를 심은 것이라고 했다. 참으로 간악(奸惡)하다고 할 수밖에 없는 일제. 평범한 사람이었으면 겪지 않았을 고초를 겪어야만 했던 황실 가족들의 삶. 온종일 홍유릉 경내 곳곳을 관람하는 내내 마음이 무거웠다.

의암 기념관의 거북형 벼루

춘천시 남면 의암 류인석 유적지 경내에 있는 의암기념관에 가면 특이한 모양의 벼루를 하나 볼 수 있다. 설명 표지에는 거북형 벼루라고 쓰여 있는데, 전체적인 모양이 몸은 거북이고, 머리는 용머리 형상이다. 용머리는 입안에 여의주를 물고 있고, 뒤쪽으로 두 갈래의 뿔이 있으며, 부리부리한 눈의 시선은 수평보다 약간 위쪽 먼 곳을 내다보고 있다. 지면과 거의 평행하게 앞뒤로 뻗은 4개의 짧은 발은 몸통을 안정적으로 받치고, 몸통의 등 부분이 둥그렇게 파여 있어서 이곳에 먹을 갈게 되어 있다. 굵직한 꼬리는 세로로 붙어 있는데 끈을 맬 수 있도록 가운데에 동그란 구멍도 있다.

▲ 의암기념관에 있는 거북형 벼루

이 벼루는 대한 13도의군 도총재였던 의암 류인석 장군이 사용하던 것으로 말년에 중국 요녕성 환인현 팔리전자 마을에서 거처하던 숙소의 중국인 주인 도원훈(都元勳) 씨에게 기념으로 준 것이다[37]. 그것이 다시 며느리인 장국영(張國英) 씨에게 전해졌다가, 우리 쪽에서 의암의 증손자뻘 되는 류연익 씨가 중국을 방문했을 때 넘겨받아 2007년부터 이곳에 전시되고 있다.

이 벼루가 가치가 있는 것은 둥그런 벼루 뚜껑 안쪽에 '守華終身 毅菴甲寅(수화종신 의암갑인)' 여덟 글자가 새겨져 있기 때문이다. '毅菴'은 류인석 장군의 호이고, '甲寅'은 서기 1914년으로 류인석 장군이 돌아가신 전년(前年)이다. '守華終身'은 글자 그대로 몸이 다할 때

---

37) 의암 류인석 백절불굴의 항일투쟁(의암학회, 2009.12.26, 발행), 208쪽.

까지 華(화)를 지킨다는 뜻이다. '華(화)'란 유교적인 관점에서 물질문명이 아닌, 도덕과 윤리가 살아 있는 문명을 뜻한다. 중국에서 명나라가 멸망한 다음에 우리나라 선비들은 더는 중국은 세계의 중심, 문명국이 아니고, 우리나라만이 그에 대신하는 곳이라고 해서 스스로 小中華(소중화)라고 칭했다. 얼핏 지금의 시각으로 보면 시대에 맞지 않는 듯하지만, 달리 생각하면 그 당시 우리 선비들의 자부심을 표현한 말이다.

구한말은 세도정치와 관리들의 부정부패로 백성들의 삶은 어렵고, 외세의 침입으로 매우 혼란스러웠던 시기이다. 이때 어지러운 시류에 휩쓸리지 않고 오로지 '尊華攘夷 衛正斥邪(존화양이 위정척사)'를 부르짖으며, 의리(義理)를 숭상하고, 유교 정신문화의 전통을 지키려고 했던 보수적인 선비들이 있었으니, 바로 화서 이항로 선생을 필두로 하는 화서학파다. 화서학파와 연관된 인재들은 을미사변 이후 의병운동을 주도하였으며, 일제강점기에는 국내외 독립운동에 큰 영향을 끼쳤다. 한 예를 들면 임정 주석을 지낸 백범 김구 선생만 하더라도 젊은 시절에 류인석 장군과 동문인 화서학파 학자 고능선(高能善) 선생의 가르침을 받은 적이 있다. 백범은 항일 운동에 투신하는 결정적 계기가 된 사건인 치하포에서 일본인을 죽이고자 결심할 때 스승의 가르침이 큰 영향을 끼쳤음을 백범일지에서 밝히고 있다.

의암 류인석 장군은 14세인 1855년 화서 이항로 선생의 문하생으로 입문했다. 입문할 당시에 화서 선생은 아직 어린 인석의 인품을 알아보고, 칭찬했으며, '克己復禮(극기복례)'란 글을 써주고, '의암(毅菴)'이란 호도 직접 지어 주었다고 한다. 화서학파의 학맥은 이항로 선생

사후 김평묵 선생, 유중교 선생을 이어, 류인석 장군이 계승했다.

1895년 을미사변이 발생하자 의병들은 화서학파의 종장(宗匠)으로서 후학들을 지도하고 있던 의암에게 대장이 되어 지휘해 달라고 요청했다. 처음에는 모친 상중이므로 사양했으나 나라를 구하는 것이 우선이라는 제자들의 간청에 응해 1895년 12월 24일(음) 영월에서 호좌의진 의병대장으로 등단했다. 復讎保形(복수보형 : 국모의 원수를 갚고, 우리의 고유문화를 지킨다는 의미)의 깃발을 든 호좌의진 의병들은 한때 충주성을 점령하고, 친일 관찰사를 처단하는 등 기세를 떨쳤다.

그러나 신식무기로 무장한 관군과 일본군의 공격으로 의병 활동이 어려워졌다. 장군은 의병들을 이끌고 관서지방을 거쳐 중국으로 건너갔다. 그 후 잠시 국내로 들어온 적이 있지만 국내에서 활동은 어려웠으므로 다시 러시아 연해주로 가서 의병 활동을 계속했다. 마침내 1910년 여러 의병 조직의 통합체인 13도의군을 결성하고, 사람들의 추대를 받아 도총재에 취임했다. 말년에는 러시아 측의 압박으로 다시 중국으로 옮겨 지내다가, 1915년 건강이 악화되어 세상을 떠나셨다. 의병 활동에서 시작한 항일무장투쟁은 장군의 사후 독립군으로, 광복군으로 계속 이어졌다.

장군의 삶을 일관한 주제이자 평생의 좌우명은 '守華終身(수화종신)' 네 글자였다. 장군은 이것을 위해서 갖은 어려움을 무릅쓰고 일제와의 싸움을 계속했던 것이다. 벼루는 옛 선비들이 늘 가까이하는 문방사우(文房四友) 중 하나다. 장군은 선비로서 매일 거북형 벼루 뚜껑에 새겨진 네 글자를 보면서 그때마다 마음을 다잡았을 것이다. 장군의 손때 묻은 벼루를 한참 쳐다보았더니 장군의 모습이 겹쳐 보이는 듯했다.

▲ 의열사 류인석 장군 사당

최초의 여성의병장
윤희순 의사 일생록(一生錄)을 읽으며

윤희순 의사(義士)는 우리나라 최초의 여성 의병장이며, 오랫동안 독립운동 지도자로 활동했던 분이다. 국내에서 의병활동 15년, 국외인 만주에서 독립활동 25년, 모두 40년간 항일활동을 하였다. 여자로서 이처럼 장기간, 그것도 어떤 단체의 일개 조직원이 아닌 지도자의 직분으로 항일활동을 오래 하신 분은 찾아보기 힘들다.

윤 의사의 본관은 해주, 친정은 서울이며, 16세 때 남편 항재(恒齋) 유제원과 결혼하면서 시댁이 있는 춘천시 남면 황골마을에 와서 살게 되었다. 윤 의사의 친정아버지 윤익상과 시아버지 유홍석은 모두 위정척사사상(衛正斥邪思想)에 투철하며, 대의명분을 목숨보다도 더 소중하게 여겼던 화서 이항로 학파의 제자들이었다. 이들은 빈한(貧寒)한 생활을 개의치 않고 명분 없는 입신양명을 철저히 배격했다. 어렸을 때부터 이런 분위기에서 성장하고, 이런 집안으로 시집온 것은 윤 의사가

장차 갖은 어려움에도 불구하고 그토록 오랜 기간 항일활동을 하게 된 정신적인 토대가 되었을 것이다.

▲ 윤희순 의사의 일생록 원본

윤 의사의 일생록은 돌아가시기 얼마 전에 지난 세월을 회상하면서 자손들에게 전하고 싶은 말을 직접 쓴 글이다. 한문이 아닌 한글로 되어 있고, 문장 중에 구어체(口語體)가 많아서 읽다 보면 윤 의사님 말씀을 바로 눈앞에서 듣는듯한 현장감이 느껴진다. 전체 분량은 요즘 책의 쪽수로 환산하면 5쪽 정도로 길지 않지만, 그동안 본인이 겪고, 행했던 항일 활동의 경과와 윤 의사의 심정(心情)이 잘 나타나 있다.

"나의 일생 기록 글을 줄거리만 적어 보노라. 시집을 와보니 시아버님은 홀로 계시고, 한 곳에 살게 되니 근심이었다. 외당 선생께서는 나라가 어지러우니 근심이라고 하시며 나가 사시고 항재께서는 성재께가서 사시고, 짝을 읽은 두견새 신세가 되다시피 살자하니…"

윤 의사의 일생록은 이렇게 시작한다. 처음 시집왔을 때 시아버지 외당(畏堂)선생은 밖으로 나돌고, 남편은 성재(省齋) 선생에게 공부하러 가서 혼자서 쓸쓸히 집을 지키는 모습이다. 아무 일도 없었으면 윤 의사는 가난한 시골 선비의 아내로서 평생 그러한 평범한 삶을 살았을 것이다.

그러나 시대의 흐름은 윤 의사에게 비껴가지 않았다. 때는 1895년 을미년, 윤 의사는 36세의 중년 부인이었다. 일제는 명성황후 시해사건을 일으키고 친일내각이 단발령이 선포하게 압력을 행사했다. 이에 전국의 유림(儒林)은 반발하여 의병을 일으켰다. 일생록에 의하면 하루는 시아버지 외당 유홍석 선생이 며느리인 윤 의사를 부르더니 다음과 같이 말씀하셨다.

"의병 하러 갈 것이니 너는 집안 가사에 힘쓰도록 하라. 전장에 나가 소식이 없더라도 조상을 잘 모시도록 하라. 자손을 잘 길러 후대에 충성되고 훌륭한 자손이 되도록 하라고 하시며 너희들은 이런 일이 없도록 하라. 네가 불쌍하구나" 하셨다.

윤 의사는 눈물이 앞을 가려 볼 수 없었다. 함께 의병 하러 가겠다고 간청했으나 시아버지는 만류했다. 외당 선생은 당시 유교 문화 속에서 부인으로서 마땅히 지켜야 할 도리를 며느리에게 말씀하셨던 것이다.

시아버지가 떠난 후 윤 의사는 산으로 올라가 단(壇)을 쌓고 시아버지가 이기게 해달라고 매일 축원들 드렸다. 열 달이 지난 후에 외당 선생은 무사히 돌아와서 겨우 하룻밤을 자고 다시 출전했다. 며칠 후 동네에 의병들이 몰려와서 밥을 해달라고 해서 도와주었는데, 그날 저녁에 동네 안 사람들을 모아 놓고 우리도 적극적으로 의병들을 돕자고 했다. 처음에는 반대하는 사람도 있었으나, 나중에는 모두 합심해서 의병들이 오기만 하면 잘 도와주었다고 한다. 이렇게 된 것은 윤 의사가 「안사람 의병가」 등을 비롯한 노래를 만들어 열심히 부르게 했기 때문이다. 이때의 일을 일생록에서 윤 의사는 "그중에 고생이 많은 것은 포고문, 경고문, 노래 이러한 것들을 하자니 고생이고, 남정네들이 모르게 하자니 근심이 많았다."라고 적고 있다.

▲ 윤희순 의사 노래비(춘천시 남면 황골)

그 당시 얼마나 적극적으로 활동하였는가 하면 같은 마을에 살던 친척 부인이 성재 유중교 선생에게 보낸 편지에 다음과 같은 내용이 있다. "저녁이나 낮이나 밤낮없이 소리를 하는데 부르는 소리가 왜놈들이 들으면 죽을 노래 소리만 하니 걱정이로소이다. 실성한 사람 같더니 이제는 아이들까지 그러하오며, 젊은 청년 새댁까지도 부르고 다니니 걱정이 태산 같다."고 하였다. '실성한 사람', 즉 미친 사람같이 보일 정도로 열심히 했다는 뜻이다. 한편 군가는 오늘날에도 군인들의 정신 교육을 위해 중요한 역할을 하고 있는데, 그 당시 이미 의병가를 지어 보급함으로써 사람들을 감화시켰다는 것은 대단한 발상이라고 생각된다.

1907년 정미년에 일제는 헤이그 밀사 사건을 계기로 고종을 강제 퇴위시키고 정미 7조약을 체결한 후 구한국 군대를 강제로 해산시켰다. 이에 다시 의병이 일어났는데 이때의 일을 일생록에서 다음과 같이 말하고 있다. "그러나 다시 진병산, 춘천 의암소에서 실패하시고 다시 가정리로 오시어 의기 청년 육백 명과 안사람, 노소 없이 모여 여우내 골짜기서 훈련을 다시 하여 가지고 가평 주길리에서 싸우다가 부상을 입으시고…" 이때는 먼저 보다 더 적극적으로 안사람 의병들이 여우내 골에서 직접 군사 훈련에 참여한 것을 알 수 있다. 이때 윤 의사는 78명의 안사람으로부터 355냥의 군자금을 거두어 의병을 도왔으며, 탄약과 무기를 제조하는 데도 힘을 보탰다.

1910년 경술국치를 당하자 시아버지 외당 선생은 오랑캐의 정사(政事)를 받을 수 없다고 죽으려고 하였다. 아들 유제원과 입헌 선생이 말리자 "중국으로 가자"고 했다. 이에 윤 의사는 52세가 되는 다음 해인

1911년 초에 아들 3형제를 데리고 시아버지와 남편을 뒤를 따라 압록 강을 건너 만주로 이주했다.

윤 의사의 정말 고생은 만주로 이주한 다음부터다. 말도 제대로 통하지 않는 곳에서 처음에는 식량 문제를 해결하기 위해 황무지를 개척해야만 했다. 먹는 문제가 해결되지 않았지만, 만주에 사는 동포들과 중국인들을 찾아다니며 반일선전 활동을 계속했다. 그 당시 현지에 살던 중국인의 증언에 의하면 윤 의사는 "우리는 나라를 빼앗기고 나라를 되찾기 위해 이곳으로 왔습니다. 우리가 목숨을 내걸고 일제와 싸울 테니 당신들은 우리에게 식량을 좀 지원해 주십시오. 우리를 돕는 것이 당신네 나라를 돕는 것입니다."라고 말하고 다녔다고 한다. 중국인 중에는 윤 의사의 말씀에 감화되어 "어찌 식량과 목숨을 비교할 수 있겠는가?"라고 말하며 도와주는 이들이 많았다고 한다.

윤 의사가 만주에 와서 한 중요한 일은 1912년에 항일독립인재 양성기관인 동창학교 분교 노학당(老學堂)을 스스로 교장이 되어 설립 운영한 것이다. 일제의 압력으로 나중에 문을 닫을 때까지 50명의 항일독립운동가를 양성했는데, 이후 이들은 만주 각지에서 활약하였다.

이 시기를 전후하여 정신적 지주였던 존경하던 시아버지 유홍석과 의암 유인석 장군 그리고 남편 유제원까지 모두 돌아가셔서 윤 의사는 정신적 충격이 컸다. 윤 의사는 돌아가신 분들의 몫까지 독립운동 지도자로서의 소임을 수행해야만 했다. 유돈상, 유민상 두 아들에게 몇 년 동안 만주와 내몽골, 중국 각지를 다니면서 그동안 흩어져 지내던 유인석과 유홍석의 문인, 친지 등 의병계열 사람들을 규합하게 했다. 그 결과 1920년에 중국 사람들과 공동으로 조선 독립단을 무순에서 결성하였다. 조선 독립단 계열의 사람들은 3.1운동 때는 만주의 여러 곳에서 시위 활동을 일으켰으며, 훗날에는 무장 항일운동에도 참여하여 중국 사람들과 함께 일본군을 직접 공격하기도 했다.

한편 이때쯤 윤 의사는 항일 운동을 하려면 지도자는 군사 지휘능력이 있어야 하고, 남녀 구분 없이 군사훈련을 철저히 하여 이에 대비해야 한다는 취지로 함께 생활하는 가족과 친척들로 가족부대를 구성했다. 이들은 낮에 밭일하는 한편 어떤 때는 시간을 내어 총 쏘는 연습 등 군사 훈련을 했다.

1934년 일제는 윤 의사의 집을 불시에 습격해서 불태웠다. 일생록에 의하면 이때 윤 의사는 살림살이는 없지만 외당 선생께서 쓰시던 서적과 필적기록, 자손에게 하신 말씀을 적은 기록이 없어지고 신주를 모셔둔 사당도 다 타버리고 하여 사당 탄 것만 생각하고 있었는데 갑자기 아기 울음소리가 들려 불길 속을 뛰어들어가 방 안에 있던 손자와 손녀를 구해 내었다고 한다. 일생록의 사건 기록은 여기까지이고, 다음 마지막 부분은 후손들에게 하고 싶은 말을 쓴 것으로 보아 이 사건 직후에 쓰인 것 같다.

일생록의 마지막 부분은 "매사는 자신이 알아서 흐르는 시대에 따라 옳은 도리가 무엇인가를 생각하여 살아가길 바란다. 충효 정신을 잊어서는 안 되느니라. 윤 씨 할미가 자손들에게 보내는 말이니라."로 끝맺음하고 있다. 일생록은 한 여성의 평생을 회고하는 글임에도 불구하고 한 가정의 주부로서 평범한 삶에 관한 이야기는 없다. 의병 활동과 항일독립운동, 그리고 유교적인 윤리에 따라 자손들이 지켜야 할 충효의 도리를 당부하는 내용으로 되어 있어 윤 의사의 면모를 이해할 수 있게 한다.

윤 의사가 76세 때인 1935년 7월 19일 아들 돈상은 일경에 체포되어 모진 고문을 받은 후유증으로 죽었다. 윤 의사는 이로 인한 충격인지 불과 십여 일 후인 8월 1일 돌아가셨다. 돌아가시기 일주일 전인 7월 23일 재종(6촌) 시동생에게 보냈던 편지에 보면 "이 슬픈 마음을 이루 다 하오리오. 차라리 내가 죽고 말면 오죽 좋겠습니까… 죽더라도 고향에 가서 죽도록 하여 주사오며…."라고 쓰고 있다. 어머니로서 자식 잃은 슬픔과 고국을 그리는 심정이 나타나 있다.

윤 의사의 묘소는 중국 현지에 있었는데, 1994년에 국내로 봉환되어 선영이 있는 춘천시 남면 관천리에 안장되었었다. 2012년에 의암 유인석 장군 유적지 성역화와 함께 민족정신 함양을 위하여 춘천시 남면 가정2리에 애국지사 묘역을 조성하고 현재는 이곳으로 이전되어 있다. 이곳에 가면 시아버지 유홍석 부부, 윤희순 부부, 아들 유돈상 부부, 손자 유연익 이렇게 4대의 묘가 한 곳에 있다. 을미 의병이 일어난 1895년부터 광복이 되던 1945년까지 50년간 4대가 대를 이어 항일 운동을 한 것은 보기 힘든 귀한 기록이다.

한편 춘천시 남면 발산리 황골마을에 가면 독립운동가 윤희순 유적지가 있다. 유적지는 윤 의사가 살던 옛 집터와 사용했던 우물이 옛날 그대로 있고, 1982년에 강원대학교에서 건립한 해주 윤씨 의적비와 안사람 의병노래가 적힌 윤희순 의사 노래비가 전부다. 유적지는 매우 간소한 규모지만 윤 의사 일생록 내용을 알고 가면 소신을 지키기 위하여 고난을 마다하지 않고, 평생 치열한 삶을 살았던 분과 관련된 의미 있는 장소로 떠오를 것이다.

▲ 춘천시 남면에 있는 애국지사 묘역

윤봉길 의사의 한 장의 사진

한 장의 사진! 서울 양재동에 있는 매헌 윤봉길 의사 기념관을 방문했을 때 볼수록 나에게는 강렬한 인상으로 다가왔다. 그 사진에는 잘 생긴 젊은이가 있다. 옷은 단정하게 양복 정장을 입었다. 그런데 오른손에는 권총을, 왼손에는 수류탄이 들고 있다. 가슴에는 글씨가 쓰인 커다란 하얀 종이가 놓여 있다. 그 내용은 다음과 같다.

"선서문, 나는 적성(赤誠[38])으로서 조국의 독립과 자유를 회복하기 위하야 한인애국단의 일원이 되야 중국을 침략하는 적의 장교를 도륙하기로 맹서하나이다. 대한민국 14년 4월 26일 선서인 윤봉길 한인애국단 앞"

---

38) **赤誠(적성)** : 마음에서 우러나오는 참된 정성의 뜻.

▲ 윤봉길 의사가 홍구공원 의거 3일전에 촬영한 의거 기념 사진

　이 사진은 1932년 4월 29일 중국 상해에 있는 홍구(虹口) 공원에서 당시 중국을 침략한 일본군 수괴(首魁)들을 폭탄을 던져 살해한 윤봉길 의사가 의거 이틀 전인 27일 촬영한 기념사진이다.

　윤 의사의 의거는 우리나라 독립운동사의 3대 의열 투쟁 중에서도 영향력이 큰 사건이다. 당시는 3.1운동이 일어난 후 10년이 조금 더 지났을 때로 임시정부는 극도의 침체기였다. 이 의거로 한국인의 독립 의지가 식지 않았음이 세계만방에 알려졌다. 미주를 비롯한 재외 동포들의 지원도 활발해지고, 중국 정부의 전폭적인 도움도 받게 되어 임시정부는 기반을 잡을 수 있게 되었다. 중국의 장개석 주석은 나중에 연합국들의 전후 처리 협상인 카이로 회담에서 전쟁이 끝나면 한국은 독립시킬 것을 주장하여 연합국 간에 약속하게 했는데 윤 의사의 의거에 감동한 영향이 크다고 한다.

윤 의사의 사진을 보면 서글서글한 눈매의 잘생긴 얼굴이다. 무엇이 왜 이 선(善)한 얼굴의 청년에게 폭탄을 들게 했을까?

한 사람의 운명에는 몇 번의 중요한 전환점이 있다. 우선 사람의 기본 인성은 유소년기에 만들어진다. 윤 의사의 어머니(경주 金 씨, 이름 元祥)는 시집오기 전에 한글은 물론 소학(小學)을 깨우친 당시의 부녀자로서는 상당한 교양을 갖춘 분이었다. 윤 의사가 어렸을 때 사육신의 한 사람인 성삼문과 면암 최익현의 의병 활동 이야기를 들려주었다고 한다. 민영환이나 황현의 유서나 절명시를 가르치기도 했다고 한다. 이런 일들은 어린 윤 의사의 성격 형성에 깊은 인상을 남겼을 것이다.

3.1운동은 윤 의사에게 인생에 있어서 첫 번째 전환점이 된다. 윤 의사는 한 해 전에 열한 살의 나이로 덕산공립보통학교에 입학하여 신학문에 한창 재미를 붙이고 있었는데, 3.1운동의 충격으로 독립정신과 일제의 교육이 조선 사람을 일본인으로 만드는 식민화 교육임을 깨닫게 된다. 이에 학교를 그만두고 다음 해부터 6년 동안 집 가까이 매곡 성주록(梅谷 成周綠) 선생이 운영하는 오치서숙에 다니게 된다. 윤 의사는 사서삼경(四書三經) 등 정통 유학을 공부하였는데, 漢詩(한시)에는 특별한 재능이 있음을 보여주었다. 그 당시 지은 학행(學行)이란 시를 보면 윤 의사의 선비로서의 호방한 기상이 잘 나타나 있다.

不朽聲名士氣明　길이 드리울 그 이름 선비의 기개 맑고
士氣明明萬古淸　선비의 기개 맑고 맑아 만고에 빛나리

萬古淸心都在學　만고에 빛나는 마음 학문에서 우러나며

都在學行不朽聲　그 모두가 학행에 있어 그 이름 스러짐이 없으리

　윤 의사는 이 기간에 선비로서의 기개(氣槪)를 닦아 인격을 완성했다고 볼 수 있다. 한편 시대의 흐름에 따라가려고 당시 발행된 〈개벽〉 등 잡지를 통해 신학문과의 접촉도 게을리하지 않았다고 한다.

　윤 의사의 인생의 두 번째 전환점은 이른바 묘표(墓標) 사건이라 불리는 일이 계기가 된다. 윤 의사에게 어느 날 가까운 공동묘지 쪽에서 한 남자가 한 아름의 묘지에 꽂혀 있던 나무 팻말을 안고 와서 글자를 아느냐고 물었다. 이 남자는 글자를 모르므로 닥치는 대로 남의 산소의 팻말까지 뽑아서 와서 글자를 아는 사람에게 자기 아버지의 것을 찾아 달라고 하는 것이었다. 그 사람 아버지의 것은 어렵지 않게 찾아 주었다. 그러나 그 사람은 팻말을 뽑아 올 때 산소에다가는 아무런 표시를 하지 않았기 때문에 자기 아버지뿐만 아니라 다른 사람들의 산소도 찾지 못하게 됐다. 윤 의사는 이때 충격을 받았다. 무지(無知)는 일제의 강압 통치보다 더 무섭다고 생각했다. 무지 때문에 나라를 잃게 되었다고 생각했다.

　이 무렵 열아홉 살 때 윤 의사는 오치서숙을 나오면서 스승에게서 매헌(梅軒)이란 아호를 받게 된다. 매헌은 스승인 성주록 선생의 호 매곡(梅谷)에서 매(梅)자를 성삼문의 호 매죽헌(梅竹軒)에서 헌(軒)자를 딴 것이다. 매화는 사군자의 으뜸으로 고결한 선비 정신을 상징한다. 성삼문은 윤 의사가 어릴 적부터 흠모하던 조선 선비의 절개를 상

징하는 분이다.

윤 의사는 오치서숙을 나와서 묘표 사건에서 느낀 점이 있어 농촌 계몽운동에 투신한다. 처음에는 문맹을 퇴치하기 위해 야학당을 개설 운영하는 것으로 시작했다. 야학당에서는 한글과 농촌에서 실생활에 필요한 지식을 가르치는 외에 민족정신을 함양하기 위한 교육도 하였다. 농촌 계몽운동은 차츰 발전하여 농업 생산성 향상과 구매조합 운영 등을 통해 농촌의 경제적 자립 달성과 생활환경을 개선하기 위한 활동도 하게 된다. 이를 위해 처음에는 목계농민회를 창립하고, 나중에는 더욱 발전된 월진회란 조직을 만들어 운영하였다. 한편 수암체육회라는 체육 단체까지 만들어 각종 운동을 권장해서 농촌 청년들의 체력을 단련하고 협동심을 키워나갔다. 윤 의사는 어찌 보면 70년대의 새마을 운동을 이미 그때 한 선구적인 농촌계몽운동가라고 할 수 있다.

아무런 일도 없었으면 윤 의사는 그러한 삶을 계속 살았을지도 모른다. 그러나 일제의 강압적인 식민 정책은 윤 의사를 그대로 내버려 두지 않았다. 마을회관 격인 부흥원 건물 상량식이 있던 날이었다. 야학에 다니던 아이들에게 이솝우화를 각색한 토끼와 여우란 연극을 하게 하였다. 이 연극에서 교활한 여우는 일제를 상징한다고 볼 수 있다. 이 일로 윤 의사는 인근에 있는 덕산 주재소에 불려가 조사를 받고 경고를 들었는데, 식민지 백성으로 자유롭게 살아가기가 쉽지 않음을 깨닫게 된다.

▲ 서울 양재동에 있는 매헌 윤봉길 의사 기념관

　광주학생운동이 일어나자 윤 의사는 충격을 받고 야학에 다니는 학생들에게도 항일 의식을 불어넣으려고 애썼다. 그러나 그대로 두고 보기만 할 일제가 아니었다. 야학당은 강제 폐쇄되고 윤 의사는 일제의 감시 대상이 되었다. 식민통치하에서 농촌 계몽운동만으로는 노예적인 삶을 벗어날 수 없음을 절감하게 됐다. 일제에 대한 반감은 굳어졌다. 일제에 굴종하면서 사는 삶은 꿋꿋한 선비 정신을 가진 윤 의사로는 받아들일 수 없는 일이었다.

　마침내 윤 의사의 인생에 있어서 세 번째 전환점이 온다. 23세가 되는 1930년 국내에서의 활동은 한계가 있으므로 더 큰 독립운동의 대열에 합류하기 위하여 '丈夫出家生不還(장부출가생불환)' 7자를 남기고 국외로 탈출한다. 우여곡절 끝에 임시정부가 있는 상해에는 다음 해 5월에 도착한다. 윤 의사는 의거 9일 전인 1932년 4월 20일 김구 주석과 운명적인 만남을 갖고, 자신의 결심을 이야기하고 지도해 달라고 요청한다. 윤 의사는 이 순간을 오래 기다렸었다. 의거 실행이 결정됐을 때 "이제부터 가슴에 한 점 번민이 없어지고 마음이 편해졌습니다. 준비해주십시오"하고 김구 주석에게 말했다.

윤 의사의 사진을 한동안 바라보았더니 일자(一字)로 다문 입은 어찌 보면 무념무상(無念無想)의 표정인 듯하기도 하고, 어찌 보면 득도(得道)한 사람이 살짝 웃음을 띠고 있는 만족한 표정 같기도 했다. 윤 의사의 삶을 일관한 것은 그의 아호 매헌(梅軒)에 꼭 들어맞는 선비의 지조를 지키기 위한 삶, 그리고 결국 그것을 지켜낸 것이다.

우리는 왜 그들을 묻어야 했는가?

　2019년 5월 3일 춘천시 서면에 있는 춘천문학공원에서는 조촐하지만 의미 있는 행사가 있었다. 그동안 이곳에 있던 친일 문인 서정주, 최남선, 조연현 3인의 시비(詩碑)를 땅에 묻는 행사였다. 이 행사는 춘천 문인들의 의견을 대변하는 춘천문인협회와 춘천시가 대한민국 임시정부 수립 100주년을 맞아 역사바로세우기 차원에서 실시했다.

　이 문학공원은 원래 2011년에 4대 강 사업의 일환으로 원주지방국토관리청에서 북한강 문학공원이란 이름으로 만든 곳이다. 춘천지역에 있음에도 불구하고, 애초 지역 정서는 무시하고 중앙의 문학단체와 협약을 맺고 춘천과 관계없는 문인들 작품 위주로 조성했었다. 그 후 관리권이 춘천시로 이관된 후에 춘천 문인들과 언론의 노력으로 이름을 춘천문학공원으로 바꾸었다. 지역 문인들 작품을 소개하는 조형물도 추가 설치하여 비로소 춘천에 있는 문학공원으로서의 구색을 갖췄다.

▲ 2019.5.3. 춘천문학공원 친일문인시비(詩碑) 매몰 행사 모습

이 공원은 의암호반 전망이 좋은 곳에 있다. 봄, 가을 날씨 좋은 날 이곳에서 앞을 바라보면 의암호수와 건너편에 있는 춘천시, 그리고 주변의 산들이 한눈에 바라보인다. 아름다운 절경 속을 천천히 거닐면서 조형물에 쓰인 명시나 수필을 읽으며 사색하는 정취 누구나 한번 젖어볼 만하다.

그런데 그동안 이곳을 방문하면서 한 가지 개운치 않은 것이 있었다. 바로 위에 언급된 3인의 친일 문인들 때문이었다. 위 세 사람은 2002년에 민간단체에서 선정한 친일 문학인 42명 가운데 포함된 사람들이다. 특히 서정주와 최남선은 2009년 국가 예산으로 발간한 〈친일반민족행위 진상규명보고서〉에도 이름이 올라 있을 정도로 질이 좋지 않다.

친일 문인이라고 하면 아직 많은 사람이 오해하고 있는 것이 있다. 일제강점기를 살아가려면 어떻게 창씨개명을 하지 않을 수 있었겠느냐? 일제의 강압에 의해서 일제를 찬양하는 글을 어떻게 안 쓸 수 있었겠느냐? 하는 물음이다. 친일 문인 명단을 선정할 때 이런 점은 고려하여 어쩔 수 없이 한두 번 일제를 찬양하는 글을 썼거나 했던 사람들은 명단에서 포함되지 않도록 배려했다고 한다. 현재 친일 문인 명단에 있는 사람들은 자발적으로 장기간 일제 식민통치 합리화를 위한 문학 작품을 양산(良產)했던 사람들이다.

왜 우리는 그토록 오랫동안 모르고 있었을까? 이들은 위대한 시인, 문인으로서 문단의 원로로 대접받았다. 중고등학교 교과서에 이들의 작품을 다룰 때는 명문장으로서 칭송만 했을 뿐, 아무 선생님도 이들이 많은 친일작품을 썼다는 것을, 악질적인 친일행위를 했다는 것을 학생들에게 가르쳐 주지 않았다. 해방 후에 친일 청산이 문학계만큼 제대로 이루어지지 않은 분야가 드물다. 이들과 이들의 제자들이 오랫동안 문학계를 주름잡고 있었다. 당연히 자신들의 치부(恥部)를 드러내지 않았다.

사실 친일문학 문제가 사회적 이슈가 된 것은 2000년대 이후, 최근이다. 그전에는 일부 선구적인 문인이나 연구자들 사이에서만 언급되던 과제였고, 일반 대중은 까맣게 모르고 있었다고 볼 수 있다. 2002년에 한 민간단체가 친일문학인 42인 명단을 선정하여 발표한 것이 계기가 되어 이들의 친일문학 행위가 차츰 세상에 알려지게 되었다.

일찍이 매헌 윤봉길 의사는 '무지(無知)는 일제의 철권통치보다도 더 무섭다' 고 말씀하신 적이 있다. 친일 문인의 작품이 좋다고 그들의 시(詩)를 자랑스레 혼자서 자주 암송한다고 하는 분이나 공개적인 자리에서 낭송하려고 하는 분을 보면 속으로 많이 답답했었다. 과연 그들이 친일 역적 행위를 적극적으로 한 문인이라는 것을 안다면 그렇게 할 수 있을까?

2차 대전이 끝나고 프랑스에서는 나치에 협력한 부역자들을 처벌했다. 경제적으로 나치에 도움을 준 기업인들은 비교적 관대하게 처벌했지만, 문화예술인이나 언론인들은 엄하게 처벌했다. 왜냐하면 민족의 혼과 정신을 팔아먹은 범죄를 더 중하게 생각했기 때문이다. 과연 문화 대국다운 판단이라 하겠다.

그동안 청소년 교육의 장으로 활용될 수도 있는 장소에 하필이면 민족 반역행위를 한 사람들의 기념물이 있다는 것을 생각하면 마음이 께름칙했었다. 자유 민주국가에서 개인이 어떤 작가의 작품을 좋아하는가는 규제할 사항이 아니다. 그러나 국민의 세금으로 하는 문화사업, 공공성을 띤 문화사업이 이런 면이 고려되지 않았다는 것은 백번 생각해도 아닌 것 같다. 친일 문인 시비가 사라진 춘천문학공원을 이제는 보다 가벼운 걸음으로 찾을 수 있게 되어 홀가분하다.

제7부

설화와 역사에 대한 단상

바리데기 설화에 대한 단상斷想

 내 기분이 때로 울적할 때면, 내 마음을 차분히 다시 되돌리게 해주는 이야기가 있다. 바리데기! 우리나라 여러 곳에서 오래전부터 전해 오는 구전설화(口傳說話)다. 어린 시절 일고여덟 살 때쯤 나는 이야기 듣기를 즐겼다. 긴 겨울밤 저녁을 먹고 나면 어머니에게 옛날얘기를 해 달라고 졸랐다. 콩쥐팥쥐, 혹부리 영감, 곶감과 호랑이, 그 밖에 많은 전래동화와 고대 소설들, 그때 바리데기 이야기도 처음 들었다. 희미한 등잔 불빛 아래서 어머니의 신기한 얘기에 귀를 기울이던 추억이 아련하다.

 바리데기는 원래 공주라는 고귀한 신분이었으나 태어난 지 삼 일만에 부모에 의해서 버려지는 비운의 주인공이다. 바리데기 아버지 오구대왕이 결혼하고자 할 때 '올해 결혼하면 딸 일곱을 낳을 것이요. 내년에 결혼하면 아들 일곱을 낳을 것' 이라는 예언이 있었다. 그러나 대왕은 바리데기의 어머니가 될 길대부인을 하루라도 더 빨리 맞고 싶어서 서둘러 결혼했다. 부부는 예언대로 딸 여섯을 낳고, 더는 안 되겠기에 아들 낳게 해달라고 명산대천에 간절히 기도했다. 이번에는 정성이 감응(感應)했는지 하늘에서 청룡·황룡이 날아와 품에 안기고, 양 무릎에 흰 거북과 검은 거북이 앉고, 양어깨에서 해와 달이 돋아나는 기이한 태몽을 꾸었다. 대왕 부부는 이번에는 많은 기대를 하게 되었다. 그런데 막상 낳아 놓고 보니 또 딸이었다. 대왕은 실망스럽기도 하고 너무나도 화가 나서 갓난애를 옥함에 넣어 물에 띄워 버리라고 명령하였다. 버려진 바리데기는 다행히 구조되어 비리공덕 할아버지와 할머니라는 범상치 않은 이들에게 훌륭한 가르침을 받으며 잘 길러진다. 일 년만 기다리면 아들을 낳을 텐데, 아름다운 여인을 보고 참지 못해 결혼을 서두른 것은 그것이 불완전한 인간의 본 모습, 바로 인간적(人間的)인 모습일 것이다. 태어날 때 기이한 꿈을 꾸고, 훌륭한 이에게 가르침을 받으며 자랐다는 것은 한 사람의 운명이란 선천적으로 타고난 것과 후천적인 요소39)가 모두 중요하다는 의미일 것이다.

　나중에 오구 대왕은 앓아눕게 된다. 점쟁이가 말하기를 병이 낫기 위해서는 멀고 먼 서천서역국에 가서 약수를 얻어 와야 한다고 했다. 길대부인은 바리데기의 언니인 여섯 공주에게 누가 가서 약물을 가져오겠느냐고 물어보았다. 어떤 공주는 결혼한 남편 시중들기 위하여, 어떤 공주는 어린아이들 돌보아야 하므로, 어떤 공주는 궁밖에 한 번도 나가 본 적이 없어서, 갈 수 없다고 제각기 이유를 들어 모두 거절했다. 길대부인은 마지막으로 혹시나 하는 마음에서 오래전에 버린 바

---

39)　후천적인 요소 : 교육과 환경.

리데기를 우여곡절 끝에 찾아 부탁해 본다. 바리데기는 아무 말도 하지 않고 선뜻 아버지 오구 대왕의 약물을 구하기 위하여 서천서역국으로 떠났다. 바리데기가 15세 되었을 때다.

그런데 왜 15세일까? 심청전에서 심청이가 인당수에 몸을 내던졌을 때도 15세이다. 아마도 옛사람들은 열다섯 살이라는 나이는 계집아이가 아이에서 막 여자로 변한 시점, 아직 세속에 때 묻지 않은 가장 순수한 때로 본 것이리라. 바리데기는 왜 약물을 구하러 간다고 했을까? 부모의 사랑을 받은 적이 없어서 부모의 사랑을 더 그리워해서였을까? 언니들이 안 간 것은 어찌 보면 현실적이고 합리적인 이유에서다. 그러나 현실적인 것을 초월하여야만 또 다른 무엇을 얻을 수 있지 않을까? 그러나 사실 평범한 사람이 현실을 초월한다는 것도 쉬운 일이 아니다. 이 세상에는 두 가지 일이 있다. 하나는 시작하기 전에 성패(成敗)를 자세히 따져 봐야 하는 일이고, 또 하나는 성패(成敗)와 관계없이 순수한 마음으로 무조건 해야 하는 일이다. 전쟁하거나 사업을 경영한다거나 하는 일은 전자(前者)에 해당할 것이고, 독립투사들이 독립운동 한 일이나, 전통적인 사회에서 효(孝)란 특별히 후자(後者)에 해당하는 사항이다. 바리데기는 지극히 순수했기 때문에 그렇게 할 수 있었으리라.

서천 서역국으로 가는 과정은 예상대로 쉽지는 않았다. 끝이 보이지 않는 넓은 밭을 석 자 깊이로 고르게 갈기, 아흐레 밤 아흐레 낮 동안 쉬지 않고 풀 뽑기 등 바리데기의 의지를 시험하는 갖가지 난관이 기다리고 있었다. 그러나 바리데기는 일편단심 순수한 마음을 잃지 않고 인간으로서는 참기 힘든 어려움을 견뎌냈다. 마침내 새도 못 넘는 높은 산과 깃털도 가라앉아 아무도 건널 수 없다는 칠흑 바다를 건너 서천서역국 동대산에 도착했다. 그러나 아직 숙제가 끝난 것은 아니었다. 동대산 괴물 산지기 동수자가 삼 년 동안 혼인하여 함께 살면서 길값으로 나무를 해주고, 물값으로 물을 길어 주고, 구경 값으로 불을 때 주고, 그리고 아들 3형제를 낳아주어야지만 약물을 준다고 했다. 꼭 약물을 구해야 하는 바리데기로서는 괴물과 결혼한다는 것이 내키지 않았지만 달리 선택의 여지가 없었다. 그런데 동수자와 결혼한다는 것은 무슨 의미일까? 여자로서 마지막으로 할 수 있는 것까지 다 했다는 뜻이 아닐까? 아들 3형제를 낳아 준다는 것은 또 무슨 뜻일까? 어머니가 아닌 여자란 불완전한 존재, 어머니가 됨으로써 비로소 모성(母性)을 취득한 보다 완전한 인격체(人格體)로서 신(神)이 될 자격을 갖춘다는 의미일 것 같다.

마침내 약속한 3년이 다 지났다. 바리데기는 죽은 사람을 살릴 수 있는 다섯 가지 꽃과 약물을 구해서 돌아온다. 갈 때는 어렵게 어렵게 갔지만 이미 신격(神格)을 절반쯤은 얻어서인지 올 때는 순식간에 왔다. 바리데기가 도착했을 때 마침 오구 대왕이 죽어 상여가 나가고 있었다. 급히 상여를 세우고, 관뚜껑을 연 다음에 가지고 온 다섯 가지 꽃으로 대왕을 살리고, 약물을 마시게 하자 병은 씻은 듯이 나았다. 죽은 사람이 살아났으므로 부활한 것이다. 한편 바리데기가 다녀온 서천서역국은 저승을 의미하기도 한다. 이것은 아마도 어떤 일을 함에서는 저승까지도 다녀올 각오로, 즉 목숨까지도 걸 정도로 전심전력해야 한다는 뜻일 것이다.

살아난 오구 대왕은 바리데기에게 원하는 것을 말해 보라고 했다.

심지어 나라의 반이라도 원하면 주겠다고 했다. 그러나 바리데기는 이승의 온갖 부귀영화를 거절했다. 오로지 죽은 다음에 이 세상 영혼들이 저승으로 갈 때, 이승에서 잘한 사람이든, 잘못한 사람이든 차별하지 않고, 모두를 공평하게, 외롭지 않게, 편안한 마음으로 저승으로 갈 수 있게 안내해 주는 오구신이 되기를 희망했다. 나중에 바리데기의 소원은 이루어졌다. 왜 그랬을까? 우리는 이 세상에 영원히 사는 것이 아니다. 우리가 이 세상에 오기 전의 무한한 세월, 우리가 이 세상에서 떠난 이후의 한없는 세월에 비하면, 현재 살고 있는 세상은 극히 찰나이다. 바리데기는 더욱 영원한 것을 얻은 것이리라.

바리데기는 태어나면서 이 세상에서 아무것도 받은 것이 없다. 그러나 그것에 대하여 아무런 원망도 하지 않았다. 비록 자기를 버린 아버지이지만 그를 위해 마땅히 해야 할 일이면 아무 조건 없이 기꺼이 나섰다. 그리고 그것을 위해 자신의 모든 걸 버리고 긴 세월을 인내했다. 살았을 때는 아버지 한 사람만을 위한 헌신자(獻身者)였지만 죽어서는 더욱더 만인을 위한 봉사자(奉仕者)가 되었다. 서양 신화에 나오는 신들은 자기 뜻에 반하는 사람들을 징벌하는 위압적인 모습을 보여주는 경우가 많다. 반면에 바리데기인 오구신은 넉넉한 품으로 사람들을 누구나 품어주는 모성과 자애의 신이다. 바리데기 앞에 서면 세상에 대한 욕망과 집착, 불만이 모두 한없이 작아 보인다. 마음이 편안해진다.

▌집필 후기

언제부터인가 바리데기 이야기가 연극으로, 무용으로, 그리고 현대

물로 개작된 소설로도 출판되었다는 소식을 인터넷에서 볼 수 있었다. 그때마다 어린 시절의 추억이 희미하게 남아있는 이야기라서 반가웠다. 바리데기에 대해 다시 관심을 두게 됐다. 그 옛날에는 너무 어려서 깊은 의미는 모르고 단순히 흥미진진한 이야기로만 들었지만, 이제는 여러 번 읽으면서 의미를 생각해 보게 되었다. 더 늦기 전에 90이 넘은 늙은 어머니의 정신이 아직 말짱할 때 궁금한 것 한 가지를 물어봐야겠다고 생각했다. "어릴 적에 해주신 그 이야기들 처음에 어디에서 들으신 거여요?" "내 엄마, 너의 외할머니한테 들었지. 너의 외할머니는 시집오기 전에 충청도 양반댁 아씨였어. 한문책도 읽고 유식했어." 하긴 지금으로부터 100여 년 전에는 문맹률이 90%가 넘었을 터인데 그 당시 여자로서 한글뿐만 아니라 한문책도 읽을 수 있었다는 것은 대단한 일일 것이다.

아마도 어머니가 나에게 이야기하는 방식으로 그 옛날에 외할머니는 어머니에게 이야기했을 것이다. 그렇다면 나는 한 번도 실제로 뵙지 못한 외할머니의 말씀을 어머니란 매개자를 통하여 들은 것이 아닌가? 오래전에 돌아가신 분과도 이런 방식으로 대화할 수 있다니 얼핏 신기한 생각이 들었다. 바리데기 설화를 읽을수록 이 이야기를 우리가 갖고 있다는 것이 자랑스럽다.

토사구팽兎死狗烹에 관한 상념想念

한 그루의 아름다운 정원수를 만들기 위해 정원사는 나뭇가지를 자른다. 잘리는 가지들은 이제껏 한 몸이었다. 어느 가지 할 것 없이 나무가 이만큼 자라게 하려고 나름대로 열심히 임했었다. 그런데 이제는 소용없다고 한다. 잘린다는 것은, 자른다는 것은 가슴 아픈 것이다.

"狡兎死良狗烹, 飛鳥盡良弓藏"

"교활한 토끼가 잡히고 나면 좋은 사냥개는 삶아지고, 하늘 높이 나는 새 사냥이 끝나면 좋은 활은 깊숙이 감추어진다."

중국 한(漢)나라 때 명장이던 한신(韓信)이 자신의 불운한 신세를 한탄하여 유명해진 말이다. 한 고조 유방(柳邦)에게는 여러 신하가 있었다. 그중에서도 한신은 수많은 군사의 대장군으로서 계속되는 전쟁에서 항상 승리하였다. 한나라가 건국하는 데 가장 큰 역할을 한 장수였다. 그러나 막상 천하가 통일되자 한 고조는 한신을 별다른 죄도 없는데도 불구하고 포박하였다. 모든 권한을 빼앗고 결국에는 살해하였다. 참으로 비참하고 한스러운 운명이라고 볼 수 있다.

우리나라에도 이와 비슷한 일이 있었다. 조선 왕조 개국 초에 태종 이방원이 집권하는 데 큰 역할을 한 사람으로 민무구, 민무질 형제가 있었다. 두 사람은 태종의 처남이며 둘도 없는 동지였다. 태종의 입지를 확실히 하기 위한 제1차 왕자의 난 때 정적인 정도전 일파를 제거하는 데 앞장서기도 했다. 그러나 나중에 확실하지도 않은 핑계를 잡아 귀양 보내고 자살을 강요하였다. 억울한 죽음이었다.

이런 일은 꼭 옛날 왕조 시대에만 있었던 것이 아니다. 가까운 근래에 베트남이 남북으로 갈리어 싸울 때의 이야기다. 외형적으로 군사력이 막강한 월남이 그렇게 허무하게 며칠 사이에 멸망할 줄은 아무도 생각하지 못했었다. 월남에는 월맹을 위하여 간첩 활동을 하며, 열렬하게 「반미 자주」를 외치던 민주 투사들이 많이 있었기 때문에 가능했다. 그러나 막상 통일되자 이들은 최우선으로 체포되어 처형되었다. 이유는 "자본주의에서 반정부 활동을 하던 인간들은 사회주의에서도 똑같은 짓을 할 우려가 있다"는 것이었다. 참으로 아이러니라 하겠다.

온갖 열과 성을 다해 헌신했는데 돌아온 것은 토사구팽(兎死狗烹)이라? 생각하면 화나고, 억울하고, 황당하기까지 한 이야기들이다. 대부분 사람은 팽(烹)한 사람은 비정하고 의리 없는 사람으로, 팽(烹)당한 사람은 억울한 약자로서 동정하는 것 같다.

그러나 과연 그럴까? 중국 역사를 살펴보면 개국 초에 공신들을 숙청한 경우가 여러 번 있었다. 아이러니하게도 그럴 때 왕조의 수명이 더 오래 간 반면에 그렇지 않을 때는 곧 자중지란이 일어나 단명한 왕조가 된 경우가 자주 있었다. 우리나라 역대 임금님 중에서 세종 대왕은 명군으로 손꼽히고 있다. 그 이면(裏面)에는 아버지인 태종이 왕권에 위협이 될 만한 세력을 미리 정리했기 때문에 가능했다고 말하는 사람들이 많다. 베트남의 경우도 통일되었을 때도 사회 불안 요인을 재빨리 제거했기에 이른 시일 내에 안정이 되었을 것이다.

왕조 시대에 창업 공신의 역할은 개국이 완료될 때까지이다. 개국이 된 이후에도 권세 있는 공신이 많다는 것은 오히려 불안 요인이 될 수 있다. 사실 권력자가 아닌 보통 백성의 입장에서는 세상이 혼란스러워 내란 같은 상황이 계속되는 것은 좋은 일이 아니다. 어떻게든 세상이 빨리 편안해지는 것을 원할 것이다. 어려움을 함께했던 신하들을 정리하는 일은 결코 쉬운 일이 아니다. 그러나 위험 요인을 제거하지 않고 내버려 두는 것은 무책임하고, 많은 백성의 기대를 저버리는 일이 될 수 있다.

갖은 어려움을 극복하고 창업을 이루는 것은 힘든 일이다. 그러나 새로 개국 된 나라를 수성(守成)하는 것도 쉬운 일이 아니다. 혼란한 시기를 수습하여 창업을 이룰 때 활약한 사람과 일단 만들어진 나라를 안정적으로 다스려 나가야 할 사람은 기질이 같을 수가 없다. 지나간 창업 세대는 새로운 수성 세대가 활약할 수 있도록 물러서 줘야 한다. 혁명가는 혁명이 이루어질 때까지만 필요한 것이다.

오늘도 정원사는 나뭇가지를 자른다. 그중에서 잘생긴 가지 하나는 여태까지 제일 애지중지 하던 가지였다. 그러나 그대로 더 자라게 놔두면 앞으로 나무 모양은 엉뚱한 방향으로 되어 갈 것이다. 잠시 눈을 감는다. '이제껏 얼마나 정성을 기울였었는데' 그 가지를 키우기 위해 고생하던 생각들이 주마등처럼 떠오른다. 여러 나뭇가지가 원망하는 소리도 들린다. 망설여진다. 사실 그의 마음은 누구보다도 아프다. 그는 눈물과 아픔을 내색하지 않고 속으로 삭인다.

정원사는 눈을 떴다. 덤덤하고 무표정한 얼굴로 과감하게 가지를 자른다.

최승희의 고향 방문

그 방문은 우연이 이루어졌다. 내가 운전하는 차가 양덕원에 거의 다 왔을 때였다. 불현듯 한동안 사람들의 입에서 오르내리던 최승희의 고향을 한번 들러 보고 싶었다. 함께 탄 분들에게 여쭈었더니 마침 바쁜 분이 없어서 동의해 주셨다.

최승희의 고향 마을은 홍천군 남면 제곡리이다. 양덕원에서 5km 정도 떨어진 곳이다. 가까운 곳에 아직도 아름다운 비경을 많이 간직하고 있는 홍천강이 있는 곳이다. 마을 입구에 흔히 볼 수 있는 돌에다 제곡리란 마을 이름을 새긴 경계석 외에 "세계적인 무용가 최승희 선생 고향마을"이라고 쓰여 있는 안내판이 있었다.

도로 옆에 "최승희 선생 부친이 운영했던 서당 50m"라고 쓰인 표지가 먼저 눈에 띄었다. 50m를 조금 지나쳐 걸었는데도 서당이 보이지 않았다. 이상하다고 생각하고 있는데 밭에서 김을 매고 있는 아주머니가 보였다. 아주머니 말씀으로는 얼마 전까지 건물이 있었는데 최근에 헐어버렸다고 한다. 되돌아 나오면서 지나쳤던 빈터에 잠시 머물렀다. 아직 건물 잔해가 일부 치워지지 않은 채로 있었다. 최승희 아버지께서 서당 훈장을 하셨으면 동네에서는 제일 웃어른이었을 것이다. 그리고 나중에 서울로 이사 가서 딸을 숙명여고까지 다니게 할 정도면 재력도 있고 당시로써는 상당히 의식도 깨어있는 사람이었을 것이다. 어린 시절 최승희는 나름대로 어려움을 모르고 귀여움을 받으며 살았을 것 같다.

최승희가 유년 시절 춤추던 옻나무재 우물터에 가보았다. 밭이 있는 야트막한 언덕길을 넘었다. 산을 오르기 전에 느티나무숲이 있고, 숲 한쪽 빈터에 우물터가 있었다. 지금은 바짝 가물어서 우물물은 한 방울도 없었다. 오랫동안 사용하지 않은 듯 잡풀마저 덮고 있었다. 그러나 샘 가장자리에 둥그렇게 잘 쌓은 석축을 봐서 전에는 마을의 중요한 곳이었을 것이다. 최승희는 어렸을 때 하루 2~3회 어머니를 따라 이 샘물터 왕래했다고 한다. 이곳에서 동네 아낙네들 앞에서 작은 물동이를 이고 춤 자랑을 하며 재롱을 부렸다고 한다. 나중에 북한에 가서 완성한 "물동이 춤"은 어린 시절 어머니를 회상하며 만든 춤이라고 한다. 예술인의 기질이란 타고난 것이므로 어렸을 때부터 소질이 있었나 보다.

최승희 생가터를 가보았다. 길을 따라 걷다가 막다른 곳에 벽돌 건물이 있었다. 특별한 표시가 보이지 않아 잠시 머뭇거렸다. 이때 우리가 오는 것을 유심히 바라보던 분이 계셨다. 여쭈었더니 바로 앞을 가리켰다. 담벼락에 생가터를 알리는 설명 판이 있었다. 집주인인 그분 말씀이 이곳이 바로 우리가 찾는 곳이라고 한다.

생가터에서 주변을 둘러보았다. 앞 개울 건너에는 마침 밤꽃이 하얗게 뒤덮은 작은 능선이 있었다. 그리고 조금 멀리에는 흐릿하게 보이는 큰 능선이 작은 능선과 마을을 겹으로 감싸고 있었다. 전체적으로 아늑하고 포근한 풍경이었다. 집 앞 냇가에서는 어린 시절 최승희가 즐겨 놀았다고 한다. 누구나 어린 시절에 자란 곳을 한 번쯤은 가보고 싶은 것이 인지상정이다. 그러나 최승희는 평생 이곳을 와서 보지 못하였다. 와 볼 수가 없었다. 마음속에만 그리고 살았을 것이다.

최승희는 1930년대에 무용공연을 위해서 유럽과 미국은 물론 중남미 등을 순회하였다. 들르는 곳마다 '동양의 무희'라는 극찬을 받았다. 유명한 국제 무용대회의 심사위원으로 위촉되기까지 했다. 요즈음도 한두 나라가 아닌 여러 나라를 두루 여행하기는 쉽지만은 않다. 1930년대는 지금과는 비교할 수 없을 정도로 여행하기가 어려웠을 것이다. 그것도 단순한 여행이 아니고 세계의 무용수로 대우를 받으며 공연을 위해 세계를 돌아다녔다는 것은 대단한 일이다.

그러나 최승희는 해방 전에는 일본 측의 요구로 친일행위를 하지 않을 수 없었다. 해방 후에는 남편을 따라 월북했다. 한동안은 북한에서도 최고의 대우를 받으며 잘 나갔었다. 그러나 먼저 남편이 숙청되고, 시간이 지난 다음에 최승희도 결국 숙청되었다. 자유분방한 예술인 기질이 전체적인 체제에 언제까지나 맞을 수 없었을 것이다.

마을을 벗어나는 다리 위에서 잠시 되돌아보았다. 조용하고 평화로운 마을 풍경이었다. 오염되지 않은 자연은 깨끗하고 아름다웠다. 만약 최승희가 정치적인 회오리에 휩쓸리지 않고 좀 더 자유로운 예술활동을 할 수 있었으면 어땠을까? 본질적으로 정치는 권모(權謀)의 세

계인 데 비하여 예술은 순수성을 지향한다. 앞으로 예술인을 정치에
오염시키는 세력은 없었으면 한다. 시세(時勢)에 영합(迎合)하는 불행
한 예술인은 더는 나오지 않았으면 좋겠다. 셀 수 없는 안타까움이 일
었다.

세상의 마누라들이여

"여보 마누라"

'마누라'는 오늘날 자신의 아내를 허물없이 부르는 말, 듣기에 따라서는 정겹게 또는 때에 따라서는 조금 얕잡아 부르는 느낌이 들기도 하는 말이라고 사전에 정의되어 있는데, 대체로 실제 그렇게 사용되고 있는 것 같다.

역사적으로 보면 우리나라는 다른 나라에 비하여 마누라들의 대가 센 나라였다. 고려 충렬왕 때 이야기이다. 박유(朴褕)[40]란 대신이 당시 오랜 전란으로 인하여 남자는 적고, 여자는 많았었는데 이 문제를 해결하기 위하여 임금에게 다음과 같이 건의하였다.

"우리나라는 신분 고하를 막론하고 심지어 아들 없는 사람들까지도 처(妻)를 하나만 두는 데 그치고, 첩(妾)을 두려고 생각하지 않고 있습

---

40) 고려사 권 제106 열전 제19.

니다. 반면에 우리나라에 와 있는 외국 사람들은 인원수의 제한 없이 여러 번 장가를 들고 있습니다. 이대로 뒀다 가는 사람들이 모두 북쪽 외국으로 몰려나가게 될까 두렵습니다. 청컨대 여러 신하, 관료, 평민에 이르기까지 첩을 들이는 것을 제도화했으면 좋겠습니다. 이렇게 하면 홀로돼서 원한을 품고 사는 남녀도 없어질 것이며 인구도 증가할 것입니다."

부녀자들은 이 소식을 듣고 원망하고 두려워하지 않는 자가 없었다고 한다.

그런데 마침 연등회 날 저녁 박유가 왕의 행차를 호위하기 위해서 따라갔었는데, 한 노파(老婆)가 박유를 손가락질하면서 "저자가 첩을 두자고 한 빌어먹을 늙은이다." 소리쳤다. 그러자 현장에 있던 모든 부녀자가 함께 손가락질하며 박유를 야유했다고 한다. 결국 당시 재상 중에 아내를 무서워하는 사람들이 많아서 이 건의 사항은 논의조차 못 하게 해서 실행될 수 없었다고 한다.

위 이야기는 전통시대에 우리나라 마누라들의 권세를 보여주는 대표적인 사례라고 할 수 있다. 그러면 어떻게 우리나라는 부인들의 권세가 그렇게 대단할 수 있었을까? 우선 우리나라는 옛날 고구려 시대의 서옥제(壻屋制)에서 볼 수 있듯이 중국과 달리 결혼을 하게 되면 여자가 곧바로 시집에 가서 사는 것이 아니라, 오랫동안 친정에서 그대로 머물러 살면서 자녀를 낳고, 자녀가 성장한 다음에야 남자의 집으로 살러 가는 관습이 일반적이었던 것 같다. 조선 시대의 유명한 신사임당만 하여도 19세에 결혼하여 친정인 강릉과 파주, 봉평에 머무르다가 시집 살림을 주관하기 위해 서울로 아주 올라온 것은 셋째 아들 이

율곡이 여섯 살이나 된 38세 때였다. 부인이 친정에 머무르는 오랜 기간 동안 남편이 부인을 괴롭힌다거나 하는 것은 상식적으로 생각하기 어렵다.

다음은 경제적인 면에서 보면 우리나라의 전통적인 상속제도는 대체로 조선 중기 이전까지는 장자상속제가 아닌 균분상속제였다. 딸도 아들과 차별받지 않고, 부모의 재산을 공평하게 물려받았다. 그리고 물려받은 재산은 결혼하더라도 시집이나 남편의 재산이 되는 것이 아니라 부인의 개인 재산으로 부인이 별도로 관리하였다. 나름대로 경제력이 있으면 권세가 따라오는 것은 당연하다 할 것이다.

흔히 우리 전통에 대하여 이야기할 때 옛날에는 남존여비(男尊女卑) 사상이 만연하여 여자들은 무조건 남편에게 순종해야 하고, 집안일에 아무런 권한도 없고, 결혼하면 곧바로 시집에 가서 혹독한 시집살이도 해야 하는 불평등 사회였다고 알고 있는 이들이 많다. 그러나 그것은 대체로 조선 중기 이후 성리학이 뿌리박은 다음의 일이다. 오천 년 긴 역사에서 이삼백 년 정도 기간에만 해당하는 이야기일 뿐이다. 본래 우리나라는 오랜 기간 동안 이웃 중국이나 일본, 그리고 서양에 비해서도 여성들, 특히 결혼한 마누라들의 권세가 대단했던 나라다.

요즈음 주변을 살펴보면 이율곡 선생처럼 어린 시절을 외갓집에서 자라는 아이들이 꽤 되는 것 같다. 주부들의 발언권도 한 세대 전보다 확실히 세졌다. 그리고 국가에서는 양성평등 문화 정착을 정책으로 추진하고 있다. 이런 일련의 변화의 물결들은 어찌 보면 우리의 아주 오래된 옛 전통으로 되돌아가려고 하는 것 같은 느낌도 든다.

풍속은 시대의 변화에 맞게 달라질 수 있다. 다만 우리 전통사회에서는 결혼한 여성들의 권세가 컸을 때는 여자들도 그에 상당하는 의무를 자발적으로 행했다는 것을 오늘날의 마누라들은 생각해 주었으면 어떨까? 한 가지 예를 들면 지금은 부모 제사의 경우 흔히 아들, 그중에서도 맏아들이 지내는 것으로 생각하지만, 조선 중기 이전에는 윤회봉사(輪回奉祀)라 해서 시집간 누님과 친정 남동생 가리지 않고 서로 돌아가며 부모님 제사를 지내기도 했고, 분할봉사(分割奉祀)라고 해서 딸과 아들이 부모님 제사를 각각 나누어 맡기도 했다. 친자녀가 없는 경우에는 외손봉사(外孫奉祀)라 해서 어릴 때 길러준 외손주가 제사를 지내주기도 했었다.

'마누라'란 말은 원래 조선 시대 때는 '마노라'라고 했었는데 '중전마마', '상감마마'에서 '마마'와 거의 같은 뜻인 극 존칭어였다. 그러한 예로 혜경궁 홍씨가 쓴 한중록에서 보면 세자빈이었던 혜경궁 홍씨와 선왕(先王)인 정조 대왕을 '마노라'라고 호칭하는 것을 볼 수 있다. 조선 시대 때는 일반 서민의 아내로서는 감히 들을 수 없는 말이었다. 이 점을 생각하여 오늘날 '마누라'란 호칭을 사용하는 남편이나, 듣는 아내는 원래 고귀한 뜻을 가진 호칭이라는 것을 한 번쯤 생각하고 서로 존중하며 사용하였으면 좋을 것 같다.

제8부

세상을 살아가면서

나의 다시 찾은 행복

  6월의 시원한 이른 아침. 햇살이 나뭇가지 사이로 비추는 한적한 오솔길을 오랜만에 산책한다. 산모퉁이를 돌면서 '흠흠' 숨을 양껏 들여마셔 본다. 싱그러운 풀냄새가 콧속을 가득 채운다. 살아 있는 느낌이다. '걸을 수 있다는 사실' 누구에게나 당연한 일이겠지만 나는 그것을 생각하면 오늘따라 진한 행복감이 느껴진다. 거기에는 사연이 있다.

  지난 1월 중순이었다. 가까운 지인(知人) 몇 사람과 함께 춘천에서 멀지 않은 화천에 있는 수불무산으로 등산을 하러 갔다. 산세는 비록 험하지만, 등산 소요 시간은 두어 시간밖에 걸리지 않는 부담 없는 산이다. 그런데 산행을 마치고 종아리가 땡땡하게 땅겼다. 불과 몇 시간의 등산으로 다리에 알이 배다니 전에 없던 일이다. 하룻밤 자고 나면 괜찮겠지? 그러나 며칠이 지나도 나아지지 않았다. 은근히 걱정되어 동네 병원에 갔더니 몇 가지 테스트를 하였는데 척추의 관이 좁아져서 척수신경을 눌러서 생긴 증상으로 의심된다고 했다. 한 달 동안 약도 먹고 물리치료도 했으나 나아지지 않았다. 오히려 다리가 저리기 시작해서 척추에 주사를 맞는 또 다른 치료 방법을 병행하게 됐다. 처음에는 일주일 정도 주사의 효과가 있었으나 나중에는 불과 하루 이틀밖에 효험이 없었다.

통증이 점점 심해졌다. 초기에는 얼마 동안 걷고 난 다음에 아프더니 나중에는 가만있어도 못 견딜 정도로 심해졌다. 어쩔 수 없이 예전에 다녔던 대학병원에 가서 정밀 진단을 받아 봤는데 병명은 역시 척추관 협착증이다. 약물치료는 효과가 없으므로 이제는 수술하는 수밖에는 없다고 한다. 원인은 특별한 것이 없고 퇴행성 변화, 즉 일종의 노화 현상이라고 했다. 억울하다는 생각이 들었다. 다른 사람들은 나이가 들어도 이러하지 않은데 왜 나에게만 이런 증상이 오는지?

수술은 눌린 신경에 가해지는 압력을 줄여주기 위해 척추관이 좁아진 부분의 등뼈 일부를 잘라내고, 잘라낸 부분을 보강하기 위해 두 개의 척추 마디에 볼트를 박고 보철물로 연결하여 한 개의 마디로 이어붙인 다음, 뼈 이식까지 해야 하는 수술이다. 가까운 사람들은 이야기를 듣더니 좀 더 신중히 생각해 보란다. 그렇지만 당장 아파서 견딜 수가 없는데 어떻게 하란 말인가? 평생 고통 속에서 살 수는 없지 않은가? 어차피 모험해 볼 수밖에 없다는 생각이 들었다. 다만 마음에 위로가 되는 것은 희귀한 질환은 아니고 생각보다 많은 사람이 앓고 있는 병이라는 것이다. 전신 마취를 한다고 하니까 한잠 자고 나면 다 되어 있을 것이다. 불안하기는 하지만 일말(一抹)의 위안감을 가지려고 했다.

세상이 신록으로 물드는 오월 초순. 일 년 중에서 제일 좋은 때이다.

그러나 나는 수술한 곳이 아파서 침상에 누워서 꼼짝도 할 수 없었다. 몸을 뒤집을 수도, 윗몸을 일으켜 앉을 수도 없었다. 밥 먹을 시간이 되면 어미 새가 갖다 주는 먹이를 받아먹는 새끼 새인 모양 누운 자세 그대로 간신히 머리만 들어서 아내가 떠주는 죽을 한 숟가락씩 받아먹었다. 움직이는 범위가 극도로 제한됐다. 창살 없는 감옥에 갇힌 것도 모자라 손발이 꽁꽁 묶여 있는 형국이었다.

아픈 중에도 아주 옛날 어렸을 때 학교에서 '신체의 자유'란 것에 대하여 배웠던 생각이 났다. 그때는 그냥 '이런 것도 있구나.' 정도로 별생각 없이 시험에 나올 것 같아서 암기하기만 했었다. 내가 몸이 자유롭지 않게 되자 비로소 다른 어떤 것보다도 소중한 자유라는 생각이 들었다.

의사 선생님께서 아프지만 누워있지만 말고 걷는 연습을 하라고 했다. 그래야 아픈 것이 빨리 없어진다고 한다. 수술한 다음 날 바로 걷기 시작하는 사람도 있다고 하는데 나는 엄두가 나지 않았다. 우선 걷기의 전 단계로 긴 베개를 두 손과 두 다리로 감싸 안고 몸을 뒤집는 연습을 해 보기로 했다. 한쪽으로는 수술 상처가 아파서 도저히 못 하겠다. 반대쪽으로는 될 듯 말 듯 하다가 간신히 성공했다. 건강할 때는 아무 생각 없이 하던 동작이 이렇게 어려울 줄이야. 여태까지는 생후 몇 개월 된 아기들이 뒤집기 하는 것을 그냥 당연한 것으로 보아 왔으나, 앞으로는 무척 대견한 일이라고 생각할 것 같다.

걷는 연습을 하는 첫날이었다. 허리에 보조기를 차고 보행기를 밀면서 천천히 걸음마를 해 보았다. 걷는 것은 네발 가진 동물의 가장 원초적인 동작인데 왜 이렇게 힘이 드는지? 마음 같지만은 않다. 창문 밖으로 가까운 산 중턱에 하얀 아까시나무꽃이 잔뜩 피어 있는 것이 보였다. 불현듯 그곳으로 달려가서 달짝지근한 아까시향을 맡고 싶어졌다. 그러나 그것은 생각뿐이겠지? 병동(病棟)을 한 바퀴 돌았는데 허벅지 깊은 뼛속으로부터 '찌르르' 방사통이 다리 아래쪽으로 훑고 지나갔다. 아직 통증이 없어지지 않았다. 더 돌려고 하다가 머리가 어지러워져서 그만두었다.

며칠 후에 꿈속에서 아슬아슬한 암능을 기어오르기도 하고, 하얀 눈길을 걸어 정상에 오르기도 했다. 몸이 자유롭지 않으니 꿈속에서 산행하는가 보다. 날씨가 좋아서 병동 밖으로 보행기를 밀고 나가 보았다. 멀리 봄이 되면 한 번쯤 다녀오던 푸른 산 능선이 보였다. 저 산 어느 곳에는 지금쯤 고사리가 있겠지? 저 산 어느 곳에는 지금 참취가 한창이겠지? 그러나 그런 것은 현재의 나와는 상관없는 일, 모두 아득한 옛날 일들 같았다.

이제는 병원에서 퇴원하고 한 달이 조금 더 지났다. 지난 몇 달 동안 괴롭히던 고통은 어느 날 잠에서 깨어나자 거짓말처럼 사라졌다. 예전처럼 가고 싶은 곳을 걸어서 천천히 돌아볼 수도 있다. 나이 든 사람에게는 어떤 새로운 것을 얻는 것도 필요할지 모르지만, 이제까지 누려오던 작은 일상을 놓치지 않는 것이 소중한 것 같다. 예전에는 무심했던 숲속 오솔길을 내딛는 발걸음 한 걸음 한 걸음이 모두 감사하다는 생각이 든다. 다시 찾은 평범한 일상이 행복하다.

외사촌

딸 결혼식이 한 달여 남았다. 딸을 시집보내는 아버지의 심정은 왠지 모르게 섭섭하고 서운하다. 꼭 손해 보는 거 같아서 마음 한구석 딸은 키우고 싶지 않은 생각이 일기도 한다. 그러나 요즈음 같이 짝을 구하지 못해서 독신으로 사는 사람이 많은 세상을 생각하면 참 다행스러운 일이다. 분명 경사스러운 일이다. 이 좋은 일을 여러 곳에 청첩 보내야 하는데 꼭 알려야 할 곳은 어디인가 생각해 보게 된다.

그리운 얼굴들이 생각났다. '외갓집'이란 단어를 연상하면 어쩐지 정겨운 느낌이 온다. 내가 어렸을 때 외할머니와 외할아버지는 이미 안 계셨지만, 외사촌들과 각별하게 지냈던 기억이 있다. 생각해 보면 어린 시절에는 꽤 왕래가 잦았으나, 어른이 되어 직업을 갖게 되고, 각자 가정을 꾸리면서부터 언제부터인가 점점 왕래가 뜸해졌다. 이즈음에는 서로 본지가 꽤 되었다. 소식이 궁금했다. 얼굴이 보고 싶어졌다.

먼저 평창 대화에 사는 D형에게 연락했다.

"그래 축하한다. 만사 제쳐놓고 그날 꼭 갈게"

형의 시원스러운 대답이다. 형은 내가 초등학생이었을 때 고모네 집인 춘천 우리 집에 와서 3년 동안 고등학교에 다녔으니 보통 인연은 넘는다고 봐야겠다. 지금은 생각하기 어렵지만 그 당시만 해도 고등학교도 강원도 각지에서 춘천으로 유학을 와서 다니던 시절이었다. 그때 형이 어린 내 손목을 꼭 잡고 들로 산으로 쏘다니던 추억이 있다.

다음은 경기도 K시에 있는 S 여동생에게 연락했다. 동생도 역시 꼭 오겠다고 했다. 동생은 어릴 때는 서울 금호동에 살았었는데 지금은 식구들이 모두 미국에 이민 가버리고 현재는 동생만 결혼해서 우리나라에 살고 있다. 어렸을 때 학교가 방학을 하면 내가 서울 외삼촌 집에 가서 며칠 머무르기도 했고 어떤 때는 서울 동생들이 우리 집으로 놀러 오기도 했다. 그때 말괄량이 여동생을 약 올리며 장난치던 것이 지금 생각해도 재미있다.

다음은 경기도 S시에 사는 J 여동생에게 전화했다.

"여보세요"

"오빠"

얼마 만에 들어 보는 '오빠'인가. 오랜만에 전화했는데도 단번에 나를 알아본다. 동생 목소리는 옛날 소녀 때의 그 부드러운 목소리가 하나도 변하지 않은 것 같다. 동생은 원래 강원도 인제에 살았었는데 동생의 오빠도 역시 춘천으로 유학을 와서 고모네 집인 우리 집에서 학교에 다녔었다. 그때 여동생도 가끔 우리 집에 놀러 오곤 했었다. 한편 군대 생활할 때 부대가 양구에 있었는데 인제도 우리 부대의 위수 구역이어서 외출할 때는 동생네 집에 내가 들르곤 했었다. 그때 동생과 내가 인제 읍내를 함께 다니는 것을 보고 동네에서는 동생이 웬 군인하고 연애한다는 소문이 돌기도 했다고 한다. 나중에 만났을 때 이것이 화제가 되어 한바탕 웃기도 했었다.

　마침내 결혼식 날. 외사촌들이 모였다. 오랜만에 보는 반가운 얼굴들. 결혼식이란 꼭 혼인하는 신랑, 신부 당사자만을 위한 것이 아닌 것 같다. 이런 일이 아니면 언제 또 이렇게 모두 만날 수 있겠는가. 그동안 바쁘다는 핑계로 내가 너무 소홀히 했던 것 같다. 무더운 여름철이 가면 이제부터는 그 옛날 어릴 때의 추억을 되살리며 가끔은 우리 외사촌들을 둘러보고 싶다.

내가 바라는 세상

우리나라 사람들은 얼마나 도덕적일까? 외국인이 우리나라 사람들의 윤리의식을 알아보기 위해 몇 가지 실험을 하는 흥미로운 유튜브(YouTube) 영상이 있다.

첫 번째 실험. 100개의 종이 가방이 준비되었다. 가방에는 꽤 괜찮은 선물과 꽃, 그리고 가방의 위치를 파악하기 위한 GPS가 남모르게 장치되어 있다. 가방들은 100대의 열차를 타고 지하철 1호선으로 운반되었다. 하루 지나면 이 100개의 가방 중에서 과연 몇 개나 돌아올 것인가? 사람들은 과연 얼마나 정직할 수 있을까?

여학생들이 종이 가방을 이리저리 살펴보는 모습이 보인다. 이내 실망스러운 상황들이 보이기 시작한다. 종이 가방들이 하나둘 열차를 이탈하기 시작했다. 그렇게 하루가 지나고 종이 가방은 과연 몇 개나 남아 있을까? 안타깝게도 돌아온 종이 가방은 100개 중 6개에 불과했다. 6%, 실망스러운 결과였다.

그런데 다음날 흥미로운 사실을 목격할 수 있었다. 한곳에 모여 있는 가방들. 무슨 일이 있었을까? 서울의 지하철 유실물 센터에 81개의 종이 가방이 접수된 것이다. 6개 더하기 81개, 모두 87개의 가방이 되돌아온 것이다. 이 정도면 정직하다고 할 수 있지 않을까? 한국 사람들은 정직하다.

두 번째 실험. 외국인이 휴대폰으로 전화를 하면서 뒤에 오는 젊은 사람의 눈에 띄게 일부러 모르는 체 지갑을 흘려버린다. 젊은이는 얼른 지갑을 주워서 외국인에게 전해 준다. 또 다른 장소에서 외국인은 전화하면서 지갑을 또 떨어뜨린다. 이번에는 어린 소녀가 떨어진 지갑을 주워서 뛰어가서 외국인에게 전해 준다. 또 다른 장소에서 또 떨어뜨린다. 지갑이 떨어졌다고 큰소리로 알려 주는 중년 신사. 무려 28번 실험했는데 한 사람도 지갑을 슬며시 가져가는 사람이 없었다. 모두 외국인에게 달려가거나 불러 세워서 지갑을 전해 주었다. 28대 0, 참으로 대단하다.

세 번째 실험. 길 한복판에 가방을 놓아두는 실험이다. 길옆 화단에 가방을 유실물인 양 놓아둔다. 가방은 얼마나 이 자리에 있을 수 있을까? 지나가는 사람들은 많다. 그러나 변화가 없다. 누구도 가방에 관심을 가지지 않는다. 뭔가 이상하다. 좀 더 유실물처럼 보이기 위해 가방을 길바닥에 내려놓는다. 많은 사람이 지나간다. 지나가던 사람 중에 몇 사람이 가방을 바라본다. 그러나 손대지 않고 피해 간다. 얼마

쯤 시간이 지났다. 한 중년 아주머니가 지나쳐 가더니 되돌아와서 가방을 들어 본다. 이제 뭔가 변화가 생기나 보다. 그런데 중년 아주머니는 걷는데 가로 거치는 가방을 화단에 다시 올려놓더니 그대로 가버린다. 다시 사람들 눈에 잘 띄게 가방을 길바닥에 내려놓는다. 그러나 많은 사람이 그냥 지나친다. 한 장난기 많은 아이가 뒤뚱뒤뚱 뛰어서 오더니 가방을 만질 것처럼 이리 보고 저리 보고하다가 그냥 가버린다. 많은 사람이 지나가고 한 젊은이가 오다가 길 한가운데 방치된 가방을 들어서 한번 살펴보더니 다시 제자리에 놓고 가버린다. 가방은 3시간 동안 눈에 잘 띄는 여러 사람이 왕래하는 곳에 버려져 있었지만 아무도 가져가지 않았다. 사람들은 양심적이다. 다른 사람의 물건에 욕심을 내지 않았다.

옛 성현께서 경제적으로 어려워도 마음이 변하지 않는 것은 오로지 선비일 뿐, 보통 백성들은 경제적으로 어려우면 그렇게 하기 어렵다고 말씀하셨다. (맹자 — 양혜왕 상 無恒産而有恒心者 ,惟士爲能。 若民 ,則無恒産 因無恒心) 그런데 지금 이 나라는 보통 사람들이 대부분 건전한 윤리의식을 가진 것으로 실험에서 나타났다. 살만한 세상이 아닌가? 부디 이런 세상이기를 바라본다.

소양제 장기대회에 출전하다

"장군!" "멍군!" "장군!" "멍군!"

장기 두는 소리다. 어렸을 때 동네에서 어른들이 장기 두는 소리를 들어 봤을 것이다. 내가 장기를 처음 배운 것은 고등학교 다닐 때였다. 그때 절친한 동네 친구와 함께 밤을 꼬박 새워가며 장기를 둔 적도 있고, 장기책 한 권을 통째로 필사하여 공부한 적도 있었으니, 생각하면 나와 장기와의 인연도 꽤 깊다고 할 수 있다.

매년 가을이면 호반의 도시 춘천에서는 지역축제인 '소양제'가 열린다. 여러 가지 다양한 공연, 대회, 체험마당 등 행사가 열리는데 그중에 어르신들을 위한 우리나라 전통장기 대회도 있다. 이 대회 취지는 장기가 우리나라 전통놀이라는 점에 의미를 두어 보존, 계승하고자 함에 있다고 했다. 나는 작년에 이어 우리 동네 석사동 대표로 대회에 참가하였다.

대회 시작 30분 전에 행사장에 도착하여 경기 장소를 확인하고, 편안하게 쉬면서 마음을 가다듬었다. '승부에 너무 집착하지 말자. 마음을 비우자. 즐겁게 즐기자' 고 생각했다. 이렇게 생각하는 것은 사실 우리나라 전통장기에서 한쪽이 이기고 다른 쪽이 지고 하는 것은 한쪽에서 잘했기보다는 다른 쪽에서 실수했기 때문이다. 양쪽이 모두 잘하면 장기는 원칙적으로는 비기게 되어 있어서이다.

춘천 시내 각 동네 대표 장기 선수들이 모두 모이자 모두 30명쯤 됐다. 곧 개회식을 하고, 경기 규칙과 주의사항을 설명했다. 대회를 주관하는 측에서는 선수들에게 너무 과열되어 그전에 있었던 것처럼 서로 다투는 일이 없었으면 한다고 누누이 당부하였다.

1차전에서 나는 견고하고 착실한 수비 위주의 전법을 차분하게 한 단계 한 단계 펼쳐 나갔다. 상대편은 몇 번 무리한 공격을 해왔다. 공격할 때마다 상대편은 기물(棋物)을 조금씩 손해를 보았다. 일정한 시점이 지나자 상대편은 조금씩 본 손해가 쌓여서 나와 기물의 차이가 현격하게 되었다. 어느 순간부터 나는 일방적인 공격을 할 수 있게 됐다. 결국 상대편은 경기 포기를 선언했다.

2차전에서 상대편이 포진(布陣) 초기에 기습했다. 나는 상(象) 하나와 졸(卒) 두 개를 바꾸는 작은 손해를 봤다. 그러나 나는 상대편이 기습할 때 상대편 포진 형성이 불완전하여 큰 약점이 있는 것을 이미 봐두었다. 즉각 역습해서 상대편의 가장 중요한 기물인 차(車)를 공짜로 잡았다. 차(車)가 한 개라도 없는 장기는 사실상 계속 두어나가기가 상당히 어렵다. 상대편은 계속 밀리다가 경기 포기를 선언할 수밖에 없었다. 2차전은 1차전과 달리 처음에 약간 격정적인 혼전이 있었지만 결국 수월하게 마무리했다.

3차전은 준준결승이다. 그런데 나의 상대편 되는 분이 나타나지 않았다. 누군가가 진행하는 측에 그분은 급하게 다른 볼일이 생겨서 경기를 포기하고 먼저 갔다고 이야기해 주었다. 나는 싸우지도 않고 부전승으로 쉽게 올라가게 되었지만, 조금 허전한 기분도 들었다. 그리고 경기 대진표를 봤더니 오늘은 이상하게도 부전승으로 쉽게 올라간 사람은 다음 경기에서 패배했다. 조금 찜찜한 생각이 들기도 했다.

4차전은 준결승이다. 상대편은 도 대표로 전국대회에도 나갔던 분이라고 한다. 확실히 포진이 짜임새가 있고 견고하다. 포진 초기에 내가 먼저 기습을 당해서 작은 손해를 보았다. 그렇지만 당황하지 않고 차분히 경기에 임했다. 경기가 중반에 이르렀을 때 드디어 기회를 잡아 내가 공격하여 손해를 만회했다. 그다음에 경기가 팽팽하게 진행되었는데 내가 상대편의 가장 중요한 기물인 차(車)를 묶어놓아 전황이 약간 유리한 듯했을 때, 어느 순간 방심했다. 세수만 더 진행하면 상대편 상(象)에게 장군을 당해 내가 외통수로 지게 되어 있는 상황이 보이는 것이 아닌가? 아무리 봐도 벗어날 방책이 보이질 않았다. 미리 살펴서 대비했으면 됐는데, 너무 늦은 것이다. 이대로 경기를 포기할 것인가? 아니면? 무리하지만 마지막 공격을 시도했다. 결과는 역시 실패, 내가 경기를 포기할 수밖에 없었다.

5차전은 3, 4위전이다. 처음부터 전황(戰況)은 전반적으로 내가 유리한 상황으로 진행됐다. 중반전이 어느 정도 지나자 내가 상대편보다 기물의 수가 압도적으로 많게 되었다. 그런데 순간적인 또 나의 실수. 내 차(車)가 상대편 마(馬) 자리에 있어서 당장 피해야 하는데 그것을 잠깐 잊고 다른 기물을 두었다가 그만 차(車)가 잡히고 말았다. 전체적인 기물의 수는 내가 많지만, 가장 중요한 기물인 차가 나는 없고, 상대편은 있는 상태가 되었다. 나는 차가 없으므로 이후 쉽게 경기를 진행하기가 어려워졌다. 그대로 경기를 계속할 수밖에 없는데 이건 또 웬일인가? 상대편도 나와 똑같은 실수를 범하는 게 아닌가? 나의 마(馬) 자리에 상대편이 차(車)를 갖다 놓았다. 나는 상대편에게 다시 한번 이 상황을 확인시켰다. 상대편은 억울한 생각도 들었겠지만, 경기는 일수불퇴(一手不退)라 어쩔 수 없는 상황이다. 3, 4위전은 거저 얻은 느낌이 들었다. 어떻든 3위로 입상한 소감은 한마디로 즐겁고 행복했다. 어떤 조사에 의하면 경기에서 3위를 한 사람이 2위를 한 사람보다 행복감을 더 느낀다고 하는데 그런 것 같았다.

　하루 동안에 둔 장기를 되돌아보면 어떤 판은 착실히 진행해서 이겼고, 어떤 판은 뜻밖에 행운이 따라서 이겼다. 그리고 상황이 조금 유리하다고 잠깐 방심하다가 진 판도 있었다. 상대편도 실수할 때가 있었지만 나도 실수할 때가 있었다. 매번 실수할 때마다 아직 장기 공부가 덜 되었다고 생각했다. 나 자신이 완전하지 못하다는 것을 느꼈다. 그렇지만 인생이란 원래 불완전한 것이 아닌가? 어쩌면 장기판에는 인생이 깃들어 있는 것 같다.

산악마라톤의 매력

산악마라톤은 처음에는 산악인들이 등산에 필요한 체력을 기르기 위해서 시작하였으나 오늘날에는 산악인이 아닌 일반인들이 더 많이 참가하고 있는 대중적인 스포츠다. 유럽에서는 이미 30년 전부터 산악마라톤을 하였으며 가까운 일본만 하여도 각 지역별 대회와 국제 대회를 많이 개최하고 있다. 우리나라는 90년대 초에 처음으로 시작하였으며 현재 매년 전국 각지에서 10여 회 이상의 산악 마라톤 대회가 열리고 있다. 일부 대회의 경우는 참가 신청자가 너무 많아서 선착순으로 참가자를 제한하기도 한다.

산악마라톤의 매력은 무엇인가?

첫째, 사람들은 바쁜 세상을 살다 보면 가끔 일상에서 벗어나 대자연의 맑은 공기를 마음껏 마시며 푸른 숲속을 달리고 싶은 충동을 느낄 때가 있다. 산악마라톤은 바로 이와 같은 인간의 가장 원초적인 욕구를 충족시키는 스포츠다. 인위적으로 제한된 구역에서 이루어지는 다른 스포츠와는 달리 대자연을 마음껏 달리며 자신의 의지와 한계를 시험하는 것이야말로 산악마라톤의 가장 큰 매력이다.

둘째, 거의 모든 산악마라톤 대회는 일 년 중에서 가장 좋은 계절인 봄과 가을에 열린다. 또한 각 지역에서 경치가 뛰어난 명산을 골라서 실시된다. 산악마라톤은 자연의 아름다움과 함께 하는 스포츠다. 계속하여 참가하다 보면 저절로 전국의 명산을 감상하게 된다.

셋째, 준비가 간단하며 남녀노소 누구나 참가할 수 있다. 간단한 러닝 복장에 릿지화라고 불리는 점착력이 좋은 등산화 또는 마라톤화만 갖추면 된다. 모든 대회는 연령에 따라 청년부, 장년부, 노년부, 여성부 등으로 구분하여 대회를 치르기 때문에 누구나 참가할 수 있다. 산악마라톤은 대중적인 스포츠인 것이다.

돌아오는 9월 15일 강원도 고성군 세계 잼버리장에서 제4회 강원도 지사배 국제 산악마라톤 대회가 열린다. 이 대회는 1999년부터 강원도가 주최하고 강원도 산악연맹이 주관하여 실시하여 오고 있다. 국내의 많은 대회 중에서 가장 높은 고도(1,239m 신선봉)까지 오르며 첫 대회부터 국제 대회로 계속되고 있는 이름 있는 산악 마라톤 대회이다. 한편 신선봉을 오르내리며 내려다보는 넓은 신평벌과 망망한 동해 바다의 모습은 다른 곳에서는 보기 어려운 뛰어난 풍경이다. 가자! 9월 15일 고성 잼버리장으로! 산악마라톤으로!

—지창식 강원산악연맹 학술정보 이사—

(2002.8.22. 강원일보 문화면 게재)

지천명知天命의 나이에도 암벽등반을…

아직 소년티를 벗지 못한 중학교 1학년 때 어느 날이다. 집 앞에서 동쪽을 바라다보면 대룡산 명봉(643m)이 잘 보인다. 문득 저 봉우리 위는 어떨까? 저 산 너머는 어떨까? 생각이 들었다. 그해 여름이 다 지나갈 무렵 불현듯 반바지와 반소매 셔츠, 운동화 차림으로 온몸을 땀으로 목욕하며, 길도 좋지 않아 나뭇가지와 넝쿨에 팔다리를 긁히면서 대룡산 명봉으로 향하였었다. 나의 등산 역사는 이렇게 시작되었다.

고등학교 때는 5만분의 1 지형도를 구입하여 춘천 인근 지역의 여러 산을 답사하기 시작하였다. 어렸을 때부터 지도에 관심이 많은 덕분으로 학교에서 지리 과목 시험을 보면 항상 전부 다 맞거나 한두 문제 정도 틀리는 정도로 우수하였다. 지리 선생님께서 지리 과목만 시험을 보면 서울대학교도 문제없을 것이라고 말씀하셨던 것이 생각난다.

대학교 2학년 때에 혼자서 몇 차례에 나누어 춘천분지 순환 종주를 하였다. 지금은 그래도 춘천분지 순환 종주를 하는 사람들이 있지만,

그 당시는 지금처럼 등산하는 사람도 많지 않았고, 춘천분지 순환 종주를 혼자서 한다는 것은 생각하기 어려운 시절이었다. 대학을 졸업할 때까지 춘천 인근의 웬만한 산들은 다 경험하게 되었다.

생각하면 어린 시절, 그리고 청년 초기에 춘천 인근의 산들을 섭렵하면서 자연의 아름다움과 많이 접한 것은 나의 뇌리에 깊게 각인되어 춘천에 대한 향토애와 평생 등산을 계속하게 된 밑거름이 되었다.

군대 생활을 ROTC로 복무하고, 직업은 우여곡절 끝에 학교 선생님으로 정하여진 이후에도 등산을 계속했다. 자연히 산악회도 창립하게 되었다. 그리고 등산을 좀 더 학구적으로, 체계적으로 배워 보고 싶은 생각이 났다. 1980년 봄 당시 우리나라 유일의 등산학교였던 한국등산학교 정규반 과정을 수료한 것을 계기로 하여, 이후 암벽반 과정과 동계반 과정도 수료했다. 강원도에서는 당시 정규 등산 교육과정인 한국등산학교 정규반, 암벽반, 동계반 3과정을 모두 수료한 것은 내가 처음이다.

한국등산학교에 다니면서 나는 내 고향 춘천에 단순히 일반 등산뿐만 아니라 암벽, 빙벽 등반 등 좀 더 다양하고 전문적인 등반 활동까지 할 수 있으며, 학구적이고 체계적인 등산 교육과정을 운영하는 산악회를 갖고 싶었다. 이런 취지로 현재까지 운영되고 있는 산악회가 한빛 산악회이다. 생각하면 한빛 산악회는 1980년 창립 이래 현재까지 이런 취지에 한번도 벗어난 적이 없었다. 한빛산악회에 가입하는 신규 회원들은 항상 기초암벽교육을 비롯한 자체 정규 등산 교육과정을 이수하도록 하였다. 그동안 나름대로 춘천지역의 전문 등반인들을 상당수 한빛 산악회에서 배출하였다. 그들 중 일부는 한빛 산악회에 계속 남아 있지만, 일부는 다른 산악단체에서 중요한 역할들을 하고 있다.

 아직 춘천지역의 전문 등반 수준은 다른 분야와 마찬가지로 다른 대도시 지역보다 수준이 많이 못 미치는 형편이지만 이 정도 수준이나마 유지할 수 있었던 것은 한빛 산악회의 기여가 상당히 있다고 본다. 되돌아 생각하면 지방 중소도시에서, 전문 등반의 수요가 그리 많지 않은 지역에서 일반 등산을 위한 산악회가 아닌 전문 등산을 위한 산악회를 운영한다는 것이 상당히 어려운 일이었다. 그동안 세월은 많이 흘러 내가 한빛산악회와 인연을 맺은 지가 3년만 더 있으면 30여년이 된다. 그동안 많은 어려움이 있었으나 젊은 시절의 순수하고, 소중한 꿈을 포기할 수는 없었다. 그리고 그 꿈은 아직도 미완성이며, 현재 진행형이다.

 이제 지천명(知天命)의 나이가 벌써 지났지만 난 아직도 암벽에서 선등을 한다. 젊은 시절에 암벽등반을 잠깐 하다가 나이가 들면 안 하는 사람들이 많지만 내 나이까지도 암벽등반을 하며, 선등까지 서는 사람은 그리 많지 않다. 나는 앞으로도 10년 정도는 현재와 같이 더 활동할 수 있지 않을까 생각한다. 산악 현장에서 젊은 후배들의 짐이 되지 않기 위해서 항상 기본 체력을 유지하기 위한 운동을 규칙적으로 하고 있다. 사실 그동안 등산을 통해서 얻은 것은 항상 자연과 함께함으로써 마음의 순수함을 유지하고, 최소한의 건강을 유지할 수 있었던 것이 아닌가 생각한다.

 그동안 등산 관련 각종 단체 일을 더러 했는데 가장 보람 있었던 것은 2003년에 발행된 대한산악연맹 40년사 편찬위원으로 위촉되어 강원도 산악연맹과 강원도 등산 운동의 역사 부분을 내가 최초로 정리한 일이다.

해외 등반은 젊었을 때 몇 번 기회가 있었지만, 생활 여건이 허락하지 않았었다. 최근 지난 1월에 해외여행 붐에 편승하여, 이왕 해외여행을 할 것이면 등산 여행을 하자고 마음을 먹고 동남아에 있는 키나바루봉을 다녀왔다.

(2008.2.27. 작성, 「춘천시보」 2008년 3월 2호 게재)

▍추기

이 글은 당시 <춘천시보> 기자 하시던 분의 요청이 있어서 제출했던 것입니다. 그때만 해도 건강했으나 그 후 뜻하지 않게 척추관협착증으로 두 번이나 수술을 받은 다음에는 몸이 그전 같지 않습니다. 마음도 따라서 소심해지는 것 같습니다. 역시 건강이 제일 중요합니다.

내가 들려주는 김유정 선생님 이야기

안녕하십니까? 오늘 김유정 선생님 이야기를 여러분에게 들려주는 이 사람 이름은 이곳 춘천 태생인 지창식입니다. 여러분 먼 길 오시느라고 대단히 수고하셨습니다. 현재 여러분이 계신 곳은 떡 시루 같이 생겼다고 해서 실레 마을이라고 합니다. 한자로는 시루 증자를 써서 甑里(증리)라고 합니다. 김유정 선생님께서 이곳 실레 마을에서 1908년 1월 11일 태어났습니다.

먼저 김유정 선생님의 생애에 대하여 간단히 설명해 드리겠습니다. 김유정 선생님의 집안은 몇 대째 이곳 실레 마을에 뿌리를 내리고 살아온 삼천 석이 웃도는 큰 부자입니다. 이곳 외에도 서울 진골, 지금의 종로구 운니동에 백여 간에 가까운 큰집을 두고, 춘천과 서울을 오가며 살았습니다. 김유정 선생님의 집안 10대조 할아버지가 대동법으로 유명한 실학자 김육이며, 9대조 할아버지는 현종의 장인이며 숙종의 외할아버지인 김우명입니다. 김유정 집안이 춘천으로 이사한 것은 고

조부 때이며, 조부는 김익찬으로 춘천 의병의 배후로도 지목되고 있으며 사마좌임금부도사(司馬莝任禁府都事)란 음직(蔭職)을 누렸습니다. 지금으로 말하면 도지사급 정도 된다고 합니다. 따라서 동네 사람들은 김도사댁이라고 김유정 선생님 집안을 이야기했다고 합니다.

아버지는 김춘식 씨이며, 어머니는 이곳에서 가까운 학곡리 출신의 청송 심씨입니다. 김유정 선생님은 2남 6녀 팔 남매 중에서 끝에서 두 번째 아들로 태어났습니다. 첫 번째 맏형과는 20년 나이 차이가 납니다. 늦게 본 자식이라서 어렸을 때 귀여움을 독차지했을 것으로 생각됩니다. 김유정 선생님의 어릴 적 별명은 '멱설이'라고 불렀다고 하는데 멱설이가 무엇이냐 하면 곡식을 담아 두는 용기라고 합니다. 복을 받으라는 뜻이겠지요. 김유정 선생님의 출생에 대하여 서울 출생설과 이곳 출생설이 있는데 김유정 선생님의 수필 「5월의 산골짜기」에서 고향이 이곳이라고 분명히 본인이 말하고 있으므로 춘천 출생설이 바르다고 봅니다.

귀여움을 받고 자라던 김유정 선생님은 7살 때 어머니가 돌아가시고 9살 때는 아버지마저 돌아가시게 됩니다. 따라서 갑자기 시련을 겪게 됩니다. 그 충격으로 말더듬증이 생겼고, 어렸을 때 그 당시에는 회충을 없애기 위해서 담배를 배워서 죽을 때까지 담배를 아주 좋아했다고 해요. 서울로 올라가서 재동공립보통학교를 졸업하고 휘문고보로 진학하였습니다. 휘문고보에서 일생의 중요한 친구인 안회남을 만납니다. 그리고 연희전문학교 문과에 입학했으나 얼마 못 다니고 제명당합니다. 이때 중요한 것은 기생 박록주를 짝사랑 한 것입니다. 그러나 박록주와의 사랑은 이루어질 수 없는 사랑이었습니다. 박록주는 이미 그때 결혼한 사람이고 사회적으로도 이름이 나 있는 상태인데 김유정은 무명의 학생이었으니까요. 그러나 박록주와의 인연은 김유정의 소설에 영향을 주고 있습니다. 예를 들어서 김유정의 소설을 읽다 보면 판소리를 듣는 느낌이 올 때가 있습니다. 스무 살 때 형 유근은 서울에 있는 재산을 대부분 탕진하고 김유정은 실레 마을로 낙향하게 됩니다.

김유정은 실레 마을에서 농촌 야학 운동을 하며 농촌운동을 약 3년 정도 합니다. 처음 야학을 운영하던 장소는 처음에는 이곳에서 보이는 저 언덕에 있었다고 하는데 불에 타 버리고 나중에는 현재의 금병의숙 기념비가 있는 곳에서 했다고 합니다. 이때부터 소설을 쓰기 시작해서 1932년에 처녀작 〈심청〉을 탈고하여 나중인 1936년 중앙지에 발표하게 됩니다. 김유정 소설 중에서 12편이 이 실레 마을을 배경으로 하고 있으므로 이때의 경험은 상당히 중요하다고 볼 수 있습니다. 소설가에게 경험은 상당히 중요합니다. 나중에 충남 예산 등지에서 금광을 전전했던 경험을 되살려 금에 관한 소설도 씁니다.

1933년 김유정은 다시 서울로 올라와서 사직동 누님 집에 기거하며 본격적으로 소설을 쓰기 시작합니다. 처녀작〈산골나그네〉가 안회남의 주선으로 〈제1선〉 3월호에 발표됩니다. 1935년 27세 때 조선일보 신춘문예 현상모집에 소낙비가 가작으로 입선됩니다.

김유정 소설의 대부분은 1935년 27세부터 1937년 29세까지 3년간에 걸쳐 발표되었습니다. 1937년 3월 29일 오전 6시 30분 경기도 광주군 중부면 신상곡리 매형 유세준의 집에서 폐결핵과 치질로 죽습니다. 죽은 시신은 서대문 밖 홍제동 화장터에서 화장되어 한강에 뿌려집니다.

김유정 선생의 소설의 특징을 말씀드리면 첫째, 1930년대 당시 농촌과 도시 서민의 어려운 현실을 잘 표현하고 있습니다. 예를 들면 만무방에서 자기 논의 벼 훔치기, 위장 결혼이야기, 아내에게 매춘강요하기, 아내 팔아먹기, 들병이 교육하기 등이 있습니다.

둘째, 탁월한 언어 감각이 있습니다. 1930년 당시의 살아 숨 쉬는 언어, 생명력이 있는 언어로 소설을 썼습니다. 그리고 구어체이고 한글로만 되어 있습니다. 한자가 없습니다. 한 가지 말씀드릴까요? 가을이므로 낙엽의 계절인데 김유정 소설에서는 낙엽을 뭐라고 했을까요? 순수한 우리말로 '떨잎'이라고 했습니다.

셋째, 향토적인 작가입니다. 고향의 자연과 그 속에서 사는 사람들의 생활을 그 당시 사람들의 말로, 향토색 짙은 언어로 표현했습니다. 김유정 소설을 읽으면 1930년대 당시 춘천 실레 마을에 와 있는 듯한 느낌이 옵니다.

넷째, 김유정 선생님은 해학작가입니다. 김유정 소설을 읽다 보면 나도 모르게 웃음을 띠게 됩니다. 그런데 그 해학이 단순히 웃음을 자아내는 것이 아니라 조금 생각해 보게 되면 사실은 슬픈 이야기입니다.

다섯째 김유정 소설에 나오는 여성상입니다. 김유정 소설에서는 여자들이 강인합니다. 점순이도 그렇고 산골나그네의 나그네도 그렇고, 그런가 하면 남자들은 순진하고 바보스럽고 그렇게 표현되는 경우가 많습니다.

다음으로 김유정 문학촌의 특징을 말씀드리겠습니다. 다른 곳은 문학관이라고 하는데 이곳만 유달리 문학촌이라고 불립니다. 그 이유는 첫째 이 전시관 건물뿐만 아니라 이 마을 자체가 김유정 소설의 배경이라는 의미가 있고 둘째 김유정의 친한 친구인 안회남이 김유정의 유물을 갖고 있었다고 하는데 불행히도 월북해서 현재 김유정의 유물이 없습니다. 누군가 김유정의 유물을 한 점이라도 가져오면 대박입니다.

마지막으로 김유정 선생님이 왜 이렇게 지금 이렇게 많은 사람으로부터 존경을 받을까요? 물론 그의 소설이 문학적인 가치가 높아서이겠지만 한 가지 더 말씀드리면 일제 강점 시기에 많은 유능한 문인들이 일제의 압력과 회유에 넘어가 일제를 찬양하는 글을 썼습니다. 그래서 안타깝게도 오늘날 친일 문학인으로 비난받고 있습니다. 해방 이후에도 문인 중에는 정권에 지나치게 영합하여 나중에 지탄받는 분들이 있습니다. 다행히 김유정 선생님은 그런 것과는 상관없는 순수한 문학인입니다. 그래서 현재 많은 사람으로부터 존경을 받지 않나 생각합니다. 이상 김유정 선생님과 선생님의 문학세계에 대하여 간략하게 말씀드렸습니다. 감사합니다.

(2018.03.25. 제81주기 김유정 추모문집 봄볕에 흔들리는 눈물 게재)

시와소금 산문선 · 014

바람과 구름의 발자국을 따라서

ⓒ지창식 수필집. 2019 printed in Seoul, Korea

초판인쇄 ｜ 2019년 11월 05일
초판발행 ｜ 2019년 11월 10일

지은이 ｜ 지창식
펴낸이 ｜ 임세한
디자인 ｜ 유재미 정지은

펴낸곳 ｜ 시와소금
등　록 ｜ 2014년 01월 28일 제424호
발　행 ｜ 춘천시 충혼길 20번길 4, 시와소금 (우-24436)
편　집 ｜ 서울시 중구 퇴계로50길 43-7 (우04618)

전자주소 ｜ sisogum@hanmail.net
구입문의 ｜ ☎ (070)8659-1195, 010-5211-1195

ISBN 979-11-6325-001-2　03810

값 : 13,000원

※ 이 책의 내용의 전부 또는 일부를 재사용하려면 반드시 저작권자와
　 시와소금 양측의 동의를 받아야 합니다.
※ 지은이와 협의로 인지는 생략하며, 잘못된 책은 교환해 드립니다.
※ 이 책의 국립중앙도서관 출판도서목록(CIP)은 서지정보유통지원
　 시스템 홈페이지(http://seoji.nl.go.kr)와 국가자료공동목록시스템
　 (http://www.nl.go.kr/kolisnet)에서 이용하실 수 있습니다.
　 (CIP제어번호 : CIP제어번호 : CIP2019039751)

강원문화재단
Gangwon Art & Culture Foundation
• 이 책은 2019년 강원도 강원문화재단 전문예술창작지원금으로 제작되었습니다.